最強賢者夫
子づくり事情

炎と氷が合わさったら世界を救えますか？

志村一矢
illustration をん

SAIKYO KENJA FUFU
NO KODUKURI JIJO

銀の仮面が外れて宙を舞った。

この日シラヌイは初めて彼にとっての宿敵である彼女の顔を目の当たりにした。

「美しい……」

シラヌイ
朱雀の里の頭領であり、火の賢者。

アウラ
白虎の里の頭領であり、
水の賢者。

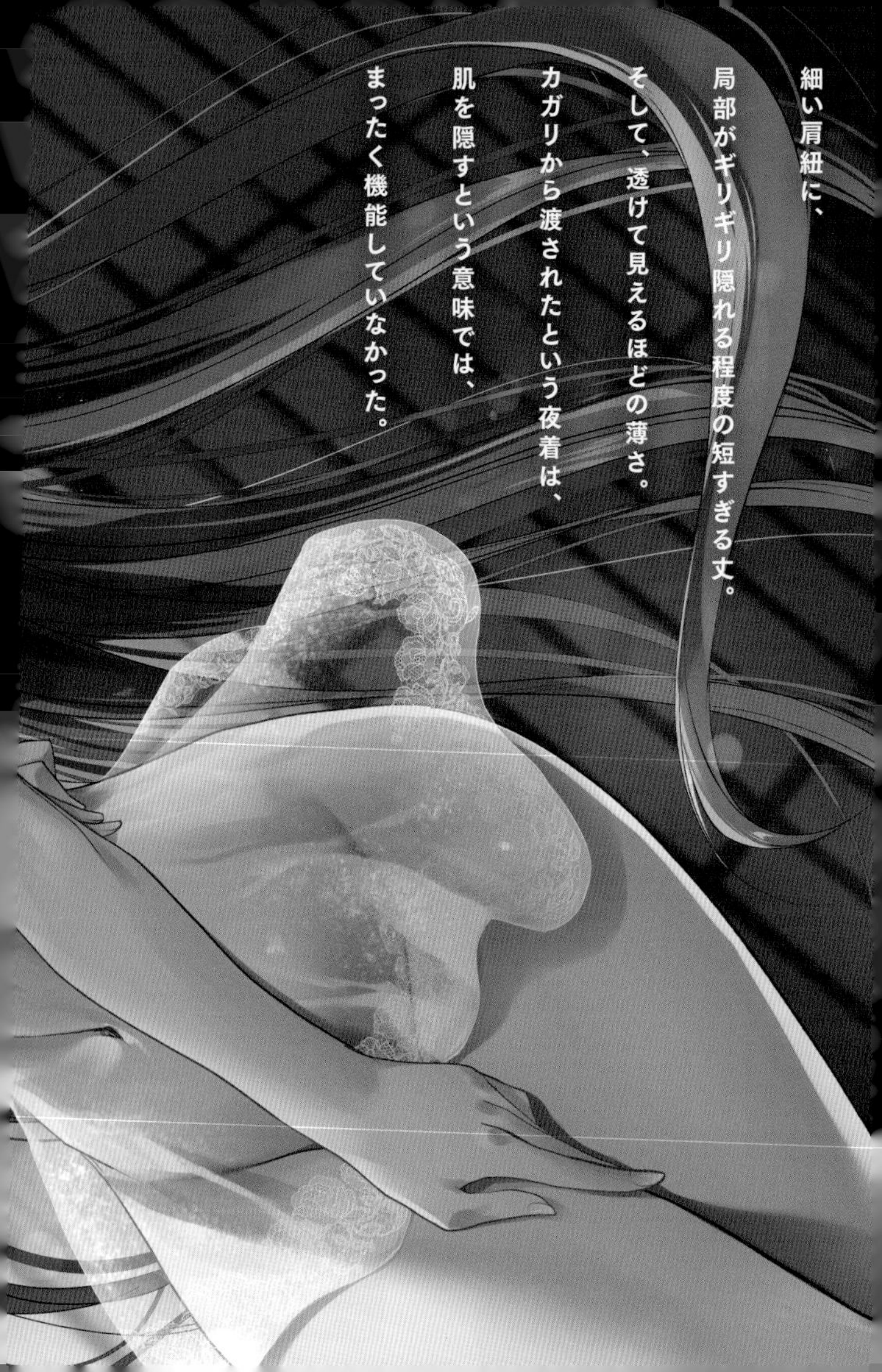
細い肩紐に、
局部がギリギリ隠れる程度の短すぎる丈。
そして、透けて見えるほどの薄さ。
カガリから渡されたという夜着は、
肌を隠すという意味では、
まったく機能していなかった。

「は、恥ずかしいです……」

「やむをえまい。リーリエ、相手をしてやれ」
「かしこまりました」
リーリエはシラヌイに歩み寄りながら、自らの装束の襟に手を掛け、二の腕のあたりまで下ろして、胸元をはだけさせた。
リーリエ
世界塔の使者。グリグリの言葉を伝えに度々やってくる。
グリグリ
世界塔の巫女。未来を予知する力を持つ。

「さあ。どうぞ。
私で、子作りの
練習を」
「いや！
いやいやいやいやいや！
意味がわかりません！」

最強賢者夫婦の子づくり事情

炎と氷が合わさったら世界を救えますか？

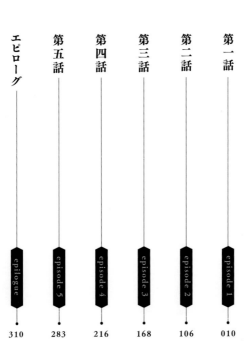

最強賢者夫婦の子づくり事情

炎と氷が合わさったら世界を救えますか?

SAIKYO KENJA FUFU NO KODUKURI JIJO

志村一矢

illustration をん

第一話

真円を描いた月の下で、炎と氷がぶつかり合う。

火の海と化した荒野を、男が駆ける。

見開かれた彼の目——その瞳が赤いのは、燃えさかる火の色を映したから、というだけではない。

男の双眸《そうぼう》が赤いのは、生まれついてのものだ。

「我が名はシラヌイ！　第十三代朱雀《すざく》の頭領にして、緋眼《ひがん》の魔術師なり！」

男は名乗りをあげつつ、走る軌道を変えた。逃げるのではなく、迫る。

敵から返ってくる言葉はない。いつものことだ。シラヌイと彼の敵との戦いは、今回でちょうど百度目になるが、相手の声をまともに聞いたことがない。

シラヌイが名乗ったのは、己を鼓舞するためだ。

「今宵《こよい》こそ、私が、朱雀《すざく》の民が勝つ！」

走りながら、声を張りながら、シラヌイは次の攻撃を準備する。

（火の精霊よ）

心の声で、大気に在る火の精霊に呼びかける。同時に、己の内に宿る魔力を高め、解放する。

「火炎球《ファイアー・ボール》！」

シラヌイの頭上に、無数の光点が生じる。それは瞬時に膨れ上がって、人の頭よりも大きな火球となった。

シラヌイが片手を振るうと、火球は疾走を開始する。

正面方向に炎の華が咲いた。火の海がさらに広がる。

シラヌイは足を止めてはいなかった。火の海に自ら飛び込み、敵の姿を探す。

凄《すさ》まじい熱気だが、緋眼《ひがん》を生まれ持つシラヌイが火で傷つくことはない。

敵の姿は見当たらない。爆発で消し飛んだのか？　答えは否《いな》だ。

この程度の攻撃で倒せる相手ではないということは、シラヌイが一番知っている。

「……！」

刺すような殺気を感じて、シラヌイはその場を跳び退《の》いた。

「氷棺《アイス・コフィン》」

直後、軋《きし》んだ声が響いて、シラヌイが直前までいた場所に氷の柱が出現した。

灼熱《しゃくねつ》していた空気が、瞬時に極寒の地の如《ごと》く冷え込んだ。

それほどの凄《すさ》まじい冷気を、氷の柱は放っている。回避が一瞬でも遅ければ、それは文字どおりシラヌイの棺《ひつぎ》になっていた。

「凍矢《フリーズ・アロー》」

間髪をいれずに、次の攻撃がきた。

飛来する無数の氷の矢を、シラヌイは拳を固めて迎え撃った。

「熱拳《ヒート・ナックル》！」

二つの拳が燃え上がる。

氷の矢は、一本一本が、先ほどの氷棺《アイス・コフィン》にも匹敵するほどの冷気を発している。刺されようものなら、巨獣でさえ氷の彫像と化してしまうだろう。

炎を纏《まと》ったシラヌイの拳は、しかし、凍らない。超低温の矢を、溶かしながら砕いていく。

氷の矢の数は、全部で五十一本あった。

（さらに数が増えたか）

前回戦った時は四十九本だった。

二本増えた。これは、敵の実力が向上したことを意味していた。

（まったく、どこまでも厄介な相手だ……！）

敵の成長に辟易《へきえき》しつつも、シラヌイの口の端《は》には笑みが浮かんでいた。

シラヌイは敵の姿を探して視線を走らせる。次の攻撃は、遠距離からか。それとも近接戦を仕掛けてくるか。

キラキラと舞い散る細氷の向こうに人影が見えた。

見えた、と思った次の瞬間には、人影はシラヌイの目前に迫っていた。

顔と顔が向かい合う。しかし、視線は合わない。実際には合っているはずだが、シラヌイにはそれを確かめられない。

銀色の仮面が敵の顔を覆い隠しているからだ。

黒い装束から伸びる同色の帯をなびかせつつ繰り出してきた蹴りを、シラヌイは半身を引いてかわす。

刀剣の一閃《いっせん》さながらの鋭利な蹴撃。くらえば誇張なしに身体《からだ》を両断される。

助走をつけた渾身《こんしん》の蹴りを避けられても、敵は体勢を崩さない。跳び退《の》きながら術を放ってくる。

「凍　矢《フリーズ・アロー》」

シラヌイも同じように跳び退《の》きつつ術で応じる。

「紅蓮の矢《ファイア・ボルト》！」

炎と氷が互いの存在を打ち消し合う。

「氷　嵐《アイス・ストーム》」

「火炎旋風《ファイア・ストーム》！」

「氷刃円舞曲《アイス・エッジ・ロンド》」

「火炎方陣《イグニッション》！」

「氷晶尖撃《クリスタル・ストライク》」

「灼熱波《ヒート・ウエイブ》！」

ふたりは絶え間なく術を繰り出し合い、ぶつけ合う。

互角。

術を編む速度も、威力も、まったくの互角。

繰り返される超高温と超低温の衝突に、大気が悲鳴をあげている。

戦いは、これまでの九十九戦と同じ展開を迎えていた。

このままでは、またしても引き分けてしまう。

だが、

(そうはいかない……！　この日のために新術を編み出してきたのだ！)

シラヌイは紅蓮の矢《ファイア・ボルト》で凍　矢《フリーズ・アロー》を相殺《そうさい》しつつ、横方向へと走った。

その動きに気づいた敵が併走を始める。

「熱　拳《ヒート・ナックル》！」

シラヌイは敵に向かって進路を変えつつ、右の拳に炎を纏《まと》わせた。

「冷凍剣《アイス・ソード》」

敵は手刀の形にした左右の手を、氷で覆った。そして、自らシラヌイとの距離を詰めてくる。

シラヌイが近接戦を仕掛けてくるものと踏んで、それに応じた構えだ。

シラヌイは嬉《うれ》しくなる。

　この敵は、シラヌイの攻撃を、いつだって真っ向から受けて立ってくれる。

　燃える拳を大きく振りかぶり、繰り出す。

　拳の間合いどころか剣の間合いにすら入っていない。つまり、シラヌイの燃える拳は空を切ったわけだが、ただの空振りではない。

　拳を開いて、シラヌイは声を張った。

「炎の蛇《フレイム・ナーガ》！」

　手を覆う火が勢いを強め、火線が伸びた。

　それは、シラヌイの腕の動きに応じ、鞭《むち》のようにしなって敵に向かう。

　迫る炎を切り払うべく、敵が氷の刃を振るう。

　鋭い斬撃だが、氷の刃が切り裂いたのは空だけだった。

　火線がぐにゃりと曲がって刃を避けたのだ。

　火線はそのまま、炎の蛇の名のとおり、右に左に蛇行しながら敵に迫り、顔面を打ち据えた。

（捉えた！）

　シラヌイの新術、炎の蛇《フレイム・ナーガ》は、鞭《むち》状の炎を意のままに操る術だ。鞭《むち》のように振るうだけでなく、独立した生き物のような複雑な動きも可能で、相手の虚をつく。

　銀の仮面が外れて宙を舞った。

　この日、シラヌイは初めて、彼にとっての宿敵である彼女の顔を目《ま》の当たりにした。

美しかった。

夜の闇の中で際立《きわだ》って見える、純白の肌。切れ長の目。整った鼻筋。薄い唇。形の良い耳。

それらが完璧に調和し、圧倒的な美貌を形成している。

「美しい……」

無意識の内に、シラヌイはそんな言葉を口にしていた。

白虎《びゃっこ》の頭領が女性であることはわかっていた。

朱雀《すざく》の頭領であるシラヌイと白虎《びゃっこ》の頭領である彼女が初めて戦ったのは、十年前。

シラヌイは十二歳で、正確な年齢は知らないが、相手も自分と同じ年頃だということは、体格でわかった。

彼女は、初めから仮面で顔を隠していた。仮面には声を変える機能があるらしく、不自然に軋《きし》んだ声は性別を悟らせなかった。

だが、一年が経《た》ち、二年が経《た》ったあたりで、シラヌイは宿敵が女性であることを悟った。

体格差だ。シラヌイは二年の間にずいぶん背が伸びたが、彼女の背丈には大きな変化は生じなかった。一方で、彼女には別の変化があった。

彼女がいつも身につけているゆったりとした黒い装束越しにも、豊かな胸の膨らみが窺《うかが》えるようになったのだ。

三年、四年と時を経るにつれて、彼女の身体《からだ》つきは、明確な女性らしさを現すようになっていった。

そう。女性であることはわかっていたのだ。だからこれは、驚くような事態ではない。

なのに、シラヌイは驚いて、動きを止めてしまった。

驚いたのは、彼女も同じだった。仮面を飛ばされるのは、まったく想定外の事態だったのだろう。集中力が途切れて、腕を覆っていた氷の刃が湯気となって消える。

切れ長の目がシラヌイを捉える。目が合う。

瞳の色は、青い。上質な蒼玉《そうぎょく》のような、深みと透明感を兼ね備えた美しい青。

（これが、氷眼《ひょうがん》か）

初めて目の当《ま》たりにする氷眼《ひょうがん》に、シラヌイは見入った。

氷眼《ひょうがん》は、シラヌイの緋眼《ひがん》と同じ、精霊眼の一種だ。

特定の精霊との高い親和性を、天賦の才として持って生まれた者の証《あかし》——精霊眼。

氷眼《ひょうがん》は氷の精霊、緋眼《ひがん》は火の精霊との、それぞれ高い親和性をもたらす。

見入ってはしまったが、彼女が氷眼《ひょうがん》の持ち主であることは、これもわかっていたことだった。緋眼《ひがん》持ちの魔術師であるシラヌイと互角に渡り合えるのは、何かしらの精霊眼を持つ魔術師だけだ。そして、彼女は氷の魔術を得手としている。ならば、彼女が氷眼《ひょうがん》を持っていることとは自明の理だった。

「きゃあああああああああっ！」

突如、彼女が甲高い悲鳴をあげた。

まるで裸を見られたかのように、肩を抱いてしゃがみ込んでしまう。長い黒髪が、はらりと肩と背中にかかった。結っていた紐《ひも》が外れるか切れるかしたのだろう。

これは、千載一遇の好機だ。

シラヌイは、しかし、動けなかった。

不意に、彼女の横顔に影がかかった。

シラヌイは慌てて視線を空へと向ける。月が雲に隠れていた。

「あ……」

決闘が、終わってしまった。

シラヌイと彼女――朱雀《すざく》の頭領と白虎《びやつこ》の頭領の決闘には、決まり事がある。

決闘が行われるのは満月の夜。決闘場にふたりが揃《そろ》い、向かい合った状態でピタリと呼吸が合った時が始まり。相手を殺すか、負けを認めさせたほうの勝利。夜が明けるか、月がすっかり雲に隠れるかした場合は、その時点で引き分けとする。

「……終わり？」

彼女が弱々しい声を出した。

「あ、ああ。そう、なり……ますね」

シラヌイは、思わず敬語で応じてしまう。

（なんてことだ。私は何をやっているんだ）

決定的な勝利の機会を、みすみす逃してしまった。

「あ、あのっ」

彼女が、両手で顔を覆って言った。

「お見苦しいものをお見せしてしまって、すみません……」

「そ、それは、顔のことを言っているのでしょうか？」

「は、はい……」

「見苦しいだなんて、そんなっ。あなたは、その、とても……」

「……とても？」

「う、美しいと思いますっ！」

何を口走っているんだ、私は！　シラヌイは心の中で叫んだ。

「……！」

彼女が弾《はじ》かれたように顔を上げた。頬が真っ赤に染まっているが、彼女の顔をもうまともに見られなくなっていたシラヌイは気づけない。

「引き分けです！　今回も、これまでの九十九戦と同じように引き分けです！」

シラヌイは彼女に背中を向けた。

「私は朱雀《すざく》の里に帰ります！　これ以上、ここにいる理由はありませんから！」

「は、はい」

「ですがっ！　帰る前に一つだけ、お訊《たず》ねしたい！」

「は、はい。なんでしょう……？」

「名前を！　貴女《あなた》のお名前を教えていただきたい！」

「……！」

彼女が息を呑《の》む気配が伝わってきた。訊《き》いてはいけないことを訊《き》いてしまったのだろうか。

困らせてしまったのだろうかと不安になったが、

「……アウラです」

彼女は答えてくれた。

「わたしの名前は、アウラです」

「アウラ……」

彼女の美しさに相応《ふさわ》しい綺麗《きれい》な響きの名前だ、とシラヌイは思った。

「失礼。私はシラヌイです」

「存じております。いつも名乗っていただいていますから……」

「そうでした！　それでは、これで……」

「あ、あのっ」

立ち去ろうとしたシラヌイを、アウラが呼び止めた。

「また、わたしと戦ってもらえますか？」

「も、もちろんです！　それが、朱雀《すざく》の頭領としての私の使命ですから！　それに……」

「……それに？」

「貴女《あなた》に勝つことは、私の人生の目標ですから！」

シラヌイは振り返らないまま答え、アウラの反応を待った。

アウラはたっぷりと深呼吸数回分の間を取って、言った。

「……よかった」

心から安堵《あんど》したような口ぶりだった。

「で、では、失礼します！」

居たたまれないシラヌイは、逃げるようにその場を去った。

朱雀《すざく》の里の中央には巨大な柱が聳《そび》え立っている。

無数の色が複雑に入り交じった極彩色に煌《きら》めいているそれは、人の手で運び込まれたものでも地から生え出たものでもない。

空の遥《はる》か彼方《かなた》より飛来し、この地に突き立ったのだ。

美しくも禍々《まがまが》しくも見えるそれを背もたれにして、シラヌイは座り込んだ。

東の空がうっすらと白み始めている。

「い、いつになく疲れた……」

シラヌイとアウラの実力は常に互角。決闘の後、疲れ切っているのはいつものことなのだが、今回は胸の動悸《どうき》が一向に治まらない。顔も、まるで高熱でもあるかのように熱い。

「兄様」

うなだれ、どうにか息を整えようと努めていたシラヌイに、声がかけられた。

顔を上げると赤毛の少女が立っていた。

「ヒバリか」

シラヌイは少女の名を口にする。

「おかえりなさい、兄様。今回も引き分け？」

「あ、ああ」

ヒバリがシラヌイを兄様と呼ぶのは、そのままの意味だ。

ヒバリはシラヌイの妹だった。年は十六になったばかり。

それなりに長さのある髪を頭の両脇で結って垂らしている。兄であるシラヌイの目から見ても可憐《かれん》な容貌の持ち主だが、兄にとっては色々と手厳しい妹だ。

「はいはい、帰ってきたならこんなところで油売ってないで、長老に報告に行ってよ。見たところ大きな怪我《けが》もないし、動けるでしょ？」

今も、戦い終えて帰ってきた兄を、休ませてもくれない。

「はい、立って」

手を差し伸べてくれたのが、せめてもの優しさといったところか。

「あれ？　なんか顔赤いよ？」

ヒバリがしゃがみ、シラヌイの顔を覗《のぞ》き込んできた。

「……何か、いつもと違うことがあった？」

「な、な、何もない」

「嘘《うそ》」

ヒバリは聡《さと》く、シラヌイは嘘《うそ》が下手だ。自覚している。ごまかすのは無理だと諦めるしかない。

「実は……」

白虎《びゃっこ》の頭領の素顔を初めて目《ま》の当たりにしたこと。そして、名前を知ったことを、シラヌイは妹に話した。

「ふーん……白虎《びゃっこ》の頭領って、やっぱり女の人だったんだ。で、すごい美人だったと」

女性であったことはともかくとして、美人だったという情報までは伝えるべきではなかったと、シラヌイは軽く後悔した。

朱雀《すざく》の民の頭領が、敵の頭領を褒めてしまうのは、朱雀《すざく》の民であるヒバリにとっては感情的に面白くはないだろう。

　実際、シラヌイに向けられているヒバリの目には、疑いと軽蔑の色が滲《にじ》んでいる。

「兄様が女の人の容姿を褒めるなんて、初めて」

「そ、そんなことはないだろう」

「初めてだよ。だって兄様、いっつも術の研究と修練ばっかりで、恋人の一人だっていたことないじゃない。初恋もまだでしょ」

「ぐ……」

　ぐうの音も出なかった。

「つまり、兄様はアウラさんに一目ぼ――」

妹の言葉の途中で、シラヌイは目を見開いた。

ヒバリの後方に、人がいた。

「兄様？　……！」

シラヌイの様子を不審に思ったヒバリが振り返って息を呑《の》む。

ゆったりとした青いローブ姿の女が、気配なく立っていた。

顔はベールで隠れており、見えない。だが、ベールから伸びる長い薄紅色の髪と線の細さで女だとわかった。

（この私に接近を悟らせなかった。何者だ……⁉）

「ずいぶんと立派な呪晶石《じゆしようせき》ですね」

ローブの女が口を開いた。声質からして二十代の半ばから後半といったところか。落ち着いているというより、抑揚に乏しい、淡々とした喋《しゃべ》り方だ。

シラヌイは背をもたれていた柱に手をついて立ち上がる。

この柱が、呪晶石だ。

「天の彼方《かなた》より来たる災厄。呪晶石の突き立ったこの地を再び人の手に取り戻したのは、さすが朱雀《すざく》の民といったところですね」

「あ、あなた、誰なの⁉　白虎《びゃっこ》の人⁉」

ヒバリが身構えつつ声をあげた。

女がただ者ではないのは明白だった。朱雀《すざく》の里は街道に沿った集落ではない。ましてや今は夜明けだ。

「失礼致しました。私はリーリエ」

女はたおやかに礼をして言った。

「世界塔の巫女《みこ》より、予言を賜ってまいりました」

三百年前、星が降った。

それが、災厄の始まりだった。

世界の十三ヶ所に降り、地に深く突き立った極彩色の柱。後に呪晶石と呼称されるようになるそれらは、毒を放出し、周辺のあらゆる生き物を死に至らしめた。無論、人間も例外ではない。

世界は混乱に陥った。幾つもの村が、町が、あるいは国が滅び、人々は住処《すみか》を追われた。

長期に亘《わた》って呪晶石は毒の放出を続けた。具体的には十年だ。

飛来より丸十年が経《た》った頃、毒が消えた。十三基すべての呪晶石が、毒を発しなくなったのだ。

一月経《た》っても二月経《た》っても、再び毒が発せられることはなかった。

人々は歓喜し、呪晶石の破壊を試みた。

しかし、忌《い》まわしい極彩色の柱を破壊することは叶《かな》わなかった。壊すどころか傷の一つさえつけられなかった。

英雄の剣でも、賢者の魔術でも、大国の攻城兵器を以《もっ》てしても、呪晶石はビクともしなかったのだ。

人々は悟る。

呪晶石は、どうやっても壊せないという、絶望的な事実を。

さらに厄介なことに、呪晶石の毒は、とんでもない置き土産を残していったのだ。

呪晶獣《じゅしょうじゅう》。

呪晶石の毒は人も動物も魔獣でさえも殺すが、ごく稀《まれ》に、死を免《まぬが》れる生き物もいる。

しかし、死を免《まぬが》れたからといって無事でいられるわけではない。呪晶石の毒を浴びて死ななかった生き物は、異形の獣——呪晶獣に成り果てる。

呪晶獣は魔獣よりも遥《はる》かに凶悪で強大な力を持つ。英雄や賢者が死力を尽くして、ようやく倒せるか倒せないか、といったほどに。不死身ではないが、呪晶獣には寿命がないとされている。少なくとも自然死した呪晶獣は確認されていない。

不幸中の幸いだったのは、呪晶獣の行動範囲が限定されていたことだ。

呪晶獣は呪晶石の周辺を徘徊《はいかい》し続ける。遠く離れた町や村を襲うような事態は起きていない。しかしそれは、毒の放出がやんだとしても呪晶石の突き立った土地には近づけないということでもあった。

三百年前の最初以降、呪晶石は三十年周期で飛来を繰り返した。一度に飛来する数は十前後。呪晶石が降る度に、人類は生存可能な土地を失っていた。

呪晶石の破壊は、人類の悲願であった。


ベールで顔を隠した薄紅色の髪の女——リーリエは、自らを世界塔の巫女《みこ》の使者であると称した。

世界塔は、呪晶石の飛来を予測・監視する、超国家機関だ。

中央大陸の中央部——まさに世界の中心に、天にも届く高い塔が聳《そび》え立っており、その頂には未来を予知する力を持った巫女《みこ》がいるという。

（世界塔の巫女《みこ》の使者が、何故《なぜ》、朱雀《すざく》の里に？）

良《い》い予感はしなかったが、シラヌイはリーリエの話を聞くために、彼女を長老の屋敷《やしき》へと案内した。

まだ明け方だが、長老はシラヌイから戦いの報告を受けるために起きていた。

「世界塔の使者とは、これまた珍しいお客さんもあったもんだねぇ」

客間の床に敷いた獣の皮の上にどっかりと腰を下ろして、長老のカガリは煙管《きせる》を手にする。

長老といっても、カガリは四十路《よそじ》を迎えたばかりの女だ。

「さて、どんな楽しいお話を聞かせてもらえるのやら」

長い赤毛を気怠《けだる》げに掻《か》き上げたカガリは、その手の人差し指の先から小さな火を発して、煙草《たばこ》に火を点《つ》けた。

小さな火とはいえ、息を吸って吐くような自然さで術を編んだ。熟練の魔術師にしかできない芸当だが、できて当然。カガリは先代の頭領であり、シラヌイに魔術のイロハを教え込んだのは、彼女である。

シラヌイはカガリの隣に腰を下ろし、その隣にヒバリが座った。この場にヒバリがいるのは、単にシラヌイの妹だから、という理由ではない。ヒバリはシラヌイ、カガリに次ぐ優秀な魔術師であり、頭領を補佐する副頭《ふくとう》の地位にある。この場にいるのは当然だった。

カガリの向かいに両膝を折って座しているリーリエは、ベールから覗《のぞ》く口許《くちもと》に薄い笑みを浮に置いた。

「巫女《みこ》は、みなさんに直接お言葉を届けたいようです」

そう言うと、リーリエは腰の後ろに手を回し、帯から何かを取り出し、それを自らの膝の前に置いた。

鏡だ。

無数の宝石をあしらった枠にはめ込まれた楕円《だえん》の鏡。それに、リーリエが手をかざして何事かを小さく呟《つぶや》くと、鏡の上に、ぼうっと人影が浮かび上がった。

少女――と呼ぶにしても、些《いささ》か幼い。八つか九つといったところか。

姿勢良く座し、静かに目を閉じている。

鏡は、遠く離れた場所にいる人物を映し出し、対話をも可能にする術具なのだろう。シラヌイの知識にはない代物だった。魔術を極めようとする者としては、どういった技術が用いられているのか気になるところではあったが、術具以上に、シラヌイは少女に注目した。

まず目を引いたのは金色の髪だ。金髪自体は大陸の中央部ではそう珍しい色ではないが、少女の髪は輝いて見えるほどの明るい金色だった。後ろ髪は長く、腰に届いている。前髪も相応に長いはずだが、赤い紐《ひも》布で持ち上げられ、丸い額が露《あらわ》になっている。

ゆったりとした白い装束には、絡《から》み合う金と銀の蛇の文様。未来を見通すという神獣、聖蛇を模したものなのだろう。

シラヌイはゴクリと喉を鳴らした。

少女が世界塔の巫女《みこ》であることは疑いようがなかった。風格がある。

少女の目がおもむろに開いた。

青い瞳。アウラの氷眼《ひょうがん》のような深みのある青ではなく、晴れ渡る空の色だ。

「ほう。おぬしらが朱雀《すざく》の民か」

シラヌイ、ヒバリ、カガリを見回し、少女は言った。

「名乗ることを許す」

その物言いに、「ふん」と鼻を鳴らしたのはカガリだ。

「まずは自分から名乗るのが礼儀ってモンじゃないのかねぇ。世界塔の巫女《みこ》様ってのは、そんなに偉いのかい」

「ち、長老！」

シラヌイは慌ててカガリを窘《たしな》める。

カガリは敬愛する師だが、相手は世界塔の巫女《みこ》だ。雲の上の存在なのだ。無礼な真似《まね》は許されない。

「ほう、よい度胸をしているではないか。気に入ったぞ、女。おぬしに免じてこちらから名乗ってやろう。儂《わし》の名はグリグリじゃ」

「……え？」

シラヌイは思わず聞き返してしまう。

「グリグリ……？　それが、巫女《みこ》様のお名前なのですか？」

「そうじゃ！　文句あるか！」

巫女《みこ》グリグリが怒った。

「由緒《ゆいしょ》正しい名前なのじゃ！　世界塔の巫女《みこ》は、儂《わし》の祖母様の祖母様の、そのまた祖母様の代から、グリグリを名乗ってきたのじゃ！　巫女《みこ》はみんなみんなグリグリなのじゃ！」

「存じ上げませんでした」

「公表しておらんからの！」

「な、」

何故《なぜ》ですか、という問いを、シラヌイは呑《の》み込んだ。

答えを聞くまでもなかった。災厄の襲来を予知する神秘の巫女《みこ》が、グリグリなどという良く言えば可愛《かわい》い、悪く言えば珍妙な名前では、侮《あなど》る者もいるだろう。

「儂《わし》の名前をバカにするなら、こうじゃ、こう！」

そう言って、巫女《みこ》グリグリは親指で自らの首をかっ切る仕草をしてみせた。

「き、肝に銘じます」

バカにしたつもりなどかけらもなかったのだが、下手に反論してこじらせたくはない。シラヌイは頭《こうべ》を垂れた。

「まあいいわい。今度はおぬしらが名乗る番じゃ。そこの女」

「長老のカガリだ」

「そっちの小娘」

「こ、小娘……えっと、副頭のヒバリです」

「最後に、おぬしじゃ」

「頭領、シラヌイです」

名乗って、シラヌイは顔を上げた。

空色の瞳が、まっすぐにシラヌイを見ていた。

「緋眼《ひがん》か。合点《がてん》がいったわ」

「……どういうことでしょう？」

「朱雀《すざく》の頭領シラヌイに命じる」

世界塔の巫女《みこ》は、その幼い容姿に似合わない凛《りん》とした声音で言い放った。

「白虎《びゃっこ》の頭領と婚姻し、子を生《な》せ」

「…………」

巫女《みこ》グリグリの言葉の意味がわからず、本当にまったくわからず、シラヌイはただただ真顔で巫女《みこ》の幼い顔を見つめた。

「儂《わし》に熱い視線を送ってどうする。おぬしが口説き落とし、娶《めと》り、孕《はら》ませるべきは白虎《びやっこ》の長《おさ》じゃと言うておろうが」

「…………」

シラヌイは目を閉じ、巫女《みこ》グリグリの言葉を頭の中で繰り返した。

何度も噛《か》み砕き、呑《の》み込もうとして、とても呑《の》み込めない内容であることを理解する。

シラヌイは閉じていた目をカッと見開いて、声をあげた。

「ええええええええええっ!?　わ、私が、白虎《びやっこ》の頭領と婚姻!?」

「驚きすぎじゃ。おぬしは男で、白虎《びやっこ》の頭領は年頃の女なのじゃろう？　男と女が子を生《な》す。自然なことじゃろがい」

「じゃろがいと言われましても！　巫女《みこ》様は朱雀《すざく》の民と白虎《びやっこ》の民がどのような関係にあるのかご存じなのですか!?」

「見くびるでない。知っておるわ。おぬしら朱雀《すざく》の民は、百年前に西の大陸から中央大陸に渡ってきた。新天地を求めていた朱雀《すざく》の民は、得意とする火の魔術で呪晶獣を討伐し、無人となっていた土地を手に入れた。それが今、おぬしらが暮らしておる朱雀《すざく》の里じゃな」

シラヌイは頷《うなず》く。

「だが、その土地は初めから無人だったわけではない。呪晶石が飛来する以前に、暮らしていた者たちがおった。白虎《びやっこ》の民じゃ。白虎《びやっこ》の民は土地の返却を求めたが、朱雀《すざく》の民はこれを拒んだ。まあ、これは仕方がない。呪晶獣が徘徊《はいかい》する土地は、呪晶獣を排除した者に、その所有権が生じる。呪晶石災害が始まって以来の、この世界の不文律じゃからの。とはいえ、故郷を取り戻したいという白虎《びゃっこ》の民の願いもまた、至極当然のものじゃな」

「……」

「新天地を手に入れた朱雀《すざく》の民と故郷に帰還したい白虎《びゃっこ》の民との利害は一致せず、抗争が始まった。火の魔術を得意とする朱雀《すざく》の民に対して、白虎《びゃっこ》の民は氷の魔術を得手とする。戦力は拮抗《きっこう》し、抗争は実に九十年にも及んでいる。相違はあるか？」

「……ありません。すべて、そのとおりです。ご存じでしたら、私とア……白虎《びゃっこ》の頭領の婚姻が難事であることはご理解いただけるはずです。そもそも、私と白虎《びゃっこ》の頭領が子を生《な》すことに、どんな意味があるというのでしょう」

「おぬしの子が、世界を救う」

「……はい？」

「心して聞け」

巫女《みこ》グリグリが声のトーンを一段階下げた。

「今より十年の後、かつてない大規模な呪晶石災害が起こる。数百……否《いな》、千を超える数の呪晶石が、世界中に降り注ぐのじゃ。大災厄……儂《わし》はそう呼んでおる」

「な……！」

シラヌイは絶句した。

信じ難《がた》い。信じたくない。だがしかし、世界塔の巫女《みこ》の予言は絶対だという。

「この危機を乗り越えねば、世界は滅ぶ」

「ど、どうすれば……」

「言うておろう。子を生《な》せとな。おぬしの子が七曜の要じゃ」

「七曜……？」

「大災厄に対抗しうる、人の可能性。七人の賢者。それぞれを、月、火、水、木、金、土、日になぞらえて、七曜じゃ」

「その、七曜……七人の賢者が揃《そろ》えば、世界は救われるのですか？」

巫女《みこ》は「うーむ」と曖昧に唸《うな》った。

「日の賢者次第じゃな。大災厄に立ち向かえるのは、実際のところは日の賢者だけなのじゃ。他の六人はおまけとまでは言わんが、露払いのような役割になるかの」

「シラヌイの子が、日の賢者ってことかい？」

カガリが口を挟んだ。

「然《しか》り。……おぬしはあまり驚いておらぬようじゃな」

「心当たりがないわけでもない。緋《ひ》眼《がん》持ちと氷眼《ひようがん》持ちの子供なら、例の術が使えるんじゃないのかい」

カガリの言葉に、ヒバリがぽんと手を打った。

「あ。兄様が考案した、不可能魔術！」

「……！　そうか」

魔術を学び、振るうだけが魔術師ではない。新たな魔術を編み出すのもまた、魔術師の本分だ。

シラヌイも一魔術師として、いくつもの魔術を編み出してきた。もちろん、白虎《びゃっこ》の頭領に勝つため、というのが第一の目的ではあるが、もう一つ、大きな目的があった。呪晶石の破壊だ。

人の力では決して壊せないというのが通説だが、それはあくまでもこれまではそうだったというだけの話だ。人の英知は、いつか必ず呪晶石を打ち砕く。その『いつか』は、遠い未来ではないかもしれない。シラヌイはそう信じて、魔術の研究を続けてきた。そして、成功したのだ。呪晶石さえ破壊しうる、究極の魔術の考案に。

あくまでも理論を完成させただけだ。実践には至っていない。理由は、シラヌイ自身には、どうやってもその術が使えないからだ。シラヌイだけではない。この世の誰にも、どんなに優れた魔術師にも使えはしないだろう。

その術を使うには、炎の魔術と氷の魔術、相反する二つの属性に対する、極めて高い適性が必要なのだった。

炎の魔術の適性を持って生まれた者に、氷の魔術は使えない。逆も然《しか》り。それが、この世界の理《ことわり》だった。

だが、もし、炎と氷、相反する二属性の適性を両方備えた、そんな奇跡のような存在が実在するとしたら。

今はまだいないとしても、この先、生まれてくるとしたら。

「心当たりがあるか。話してみよ」

「は、はい」

シラヌイは巫女《みこ》に、自らが考案した不可能魔術について語った。

「なるほどのぅ。つまり、おぬしの子が、その不可能魔術を可能にする適性を持って生まれるということのようじゃな」

「し、しかし……」

「道筋も見えたのじゃ。なにを迷うことがある。とっとと白虎《びゃっこ》の頭領を娶《めと》り、孕《はら》ませんかい」

「は、はら……っ！　先ほども申し上げましたとおり、我々朱雀《すざく》の民と白虎《びゃっこ》の民の間には、血の歴史があります」

「その血の歴史とやらを終わらせる、いい機会じゃろがい」

「で、ですが……」

「おぬしは、そんなに白虎《びゃっこ》の民が憎いのか」

「……！　そ、それは……」

シラヌイは返答に窮した。

正直なところ、シラヌイ自身に、白虎《びゃっこ》の民を憎む気持ちはなかった。

抗争が始まった当初は、双方の民に多くの死者が出た。だが、それは昔の話だ。

規模の大きな衝突は次第に減っていき、先々代の時代には、頭領同士以外の決闘を禁じる取り決めも交わされた。

月に一度、頭領同士が戦い、白虎《びゃっこ》の頭領が勝った場合は朱雀《すざく》の民は土地を明け渡し、朱雀《すざく》の頭領が勝った場合は、白虎《びゃっこ》の民は故郷への帰還を諦める。

この取り決めが交わされて以来、双方の民による直接的な戦闘は行われておらず、死者は一人も出ていない。

決闘は三代に亘《わた》って引き分けが続いており、抗争そのものが終わったわけではないものの、ある意味で平穏な時代が続いていた。

血の歴史はある。たしかにあるのだが、シラヌイにとってそれは実感を伴わないものだった。

だからといって、血の歴史を背負う立場である頭領のシラヌイが、白虎《びゃっこ》の民を憎く思っていないなどと口にしていいものか。

救いを求めるように、シラヌイは先代であるカガリを見た。

後任の視線を受けたカガリは、「ふーっ」と長く煙を吐いた後、言った。

「そろそろ頃合いかねぇ」

煙管《きせる》を灰筒にコツンと当てて灰を落とし、カガリは言葉を続ける。

「白虎《びゃっこ》の民への恨みなんて、アタシの代にはとっくになくなってる。巫女《みこ》さんの言うとおり、いい機会なんじゃないのかい、シラヌイ」

「長老……」

「あたしも終わらせちゃっていいと思う！」

ヒバリが片手を上げて発言した。

「ご先祖様の始めた戦いだからって、いつまでも続けなきゃいけないってことはないよ。白虎《びゃっこ》の人たちだって、もう終わらせたいって思ってるんじゃないかな」

「しかし……」

「だってだって、世界の運命がかかってるんだよ？　巫女《みこ》様の話を聞いたら、白虎《びゃっこ》の頭領だって嫌だって言えないでしょ」

「それは……」

シラヌイは思案する。

「巫女《みこ》様。大災厄の話は、白虎《びゃっこ》の頭領には？」

「まだじゃや。先に朱雀《すざく》の頭領であるおぬしに伝えておる」

「では、白虎《びゃっこ》の頭領に伝えるのは、今しばらくお待ちください」

「ほう」

巫女《みこ》グリグリは目を細めた。

「何故《なぜ》じゃ」

「私も、白虎《びゃっこ》の民を憎く思ってはおりません。朱雀《すざく》の民の多く……特に若い世代は同じ気持ちでしょう。ですが、それはあくまでもこちら側の話。故郷を取り戻せずにいる白虎《びゃっこ》の民の思いは違うはずです」

「ふむ」

「巫女《みこ》様の予言を聞けば、白虎《びゃっこ》の頭領も私との結婚を嫌とは言えないでしょう。しかし、それでは白虎《びゃっこ》の民に禍根が残ります。双方の民が納得した上で結婚に至る方法は一つしかありません」

「して、その方法とは？」

「取り決めに従い、決闘で九十年の因縁に終止符を打つのです」

それでも禍根は残るだろう。だが、頭領同士の決闘は、双方の民の合意の上に成立しているものだ。決闘の結果であれば、ある程度は納得がいくだろう。

「なるほどのぅ。して、勝てるのか？　これまで負けずとも勝てなかった相手に」

「勝ちます。勝って、必ずや、白虎《びゃっこ》の頭領を娶《めと》ってみせます！」

シラヌイは胸の前で拳を握り、決意を示した。

「案外ノリノリじゃな」

「……はい？」

「もっと嫌がるかと思っておったわ。なにせ、仇敵《きゅうてき》を娶《めと》れと言われておるのだからの。命じておいてなんだが、無茶な話じゃ」

「そ、それは……！　せ、世界！　そう、世界のためですから」

「本当にそれだけかのぅ」

巫女《みこ》グリグリがいじわるな笑みを浮かべる。

「まあ、その気になってくれたのなら、ヨシじゃ。手段は問わん。白虎《びゃっこ》の頭領を娶《めと》り、子を生《な》せ。人の世の明日のためにな」

巫女《みこ》グリグリの姿が水面《みなも》のように揺らぎ、消えた。

「巫女《みこ》の予言、たしかにお伝えしました」

リーリエが鏡を手に取り、衣擦《きぬず》れの音一つたてることなく立ち上がった。

「私はこれで。またお目にかかりましょう」

「里の入り口まで送ります」

「どうか、お気遣いなく」

シラヌイの申し出を断って、リーリエは屋敷《やしき》を出ていった。

世界塔の使者とはいえ、シラヌイとしては外部の者に里の中を好きに動かれたくはない。尾行するつもりで気配を殺し、後を追ったのだが、屋敷《やしき》を出たところで早速見失ってしまった。現れた時と同様、神出鬼没。

（さすがは世界塔の使者といったところか。相当な腕の魔術師か、あるいは賢者かもしれん）

世界塔は呪晶石の監視機関であると同時に、賢者の認定機関でもある。

賢者とは、世界の安寧に貢献し得る実力と人格を兼ね備えた魔術師に与えられる称号だ。要は、世界塔直属の魔術師ということになるわけだが、それ以上のことは知らない。

世界塔が設立されて以来、賢者の称号を得た魔術師は数えるほどしかいない。彼らの活躍もまちまちで、歴史に名を刻んだ賢者もいる一方、名を伏せられた賢者もいるという。

世界塔そのものが謎の多い機関であるように、賢者という存在もまた、謎に包まれていた。

「兄様」

リーリエの追跡を諦め、屋敷《やしき》に戻ろうと踵《きびす》を返したシラヌイに、ヒバリが声をかけてきた。

「本当によかったの？　白虎《びやっこ》の頭領との結婚」

「し、仕方がないだろう。世界のためだ」

「ふーん……」

「な、なんだ、その疑いのまなざしは」

「巫女《みこ》様も言ってたけど、兄様、嫌がってないよね。白虎《びやっこ》の頭領が美人さんだから？」

「ち、ちち、違う！　そんなことは、断じて、断じて思っていない！」

「あやしいなー。ま、いいけどね。兄様が幸せなら、それで」

「幸せ？」

「だって、結婚って、幸せになるためにするものでしょ？」

「普通はそうかもしれないが……」

「あたしはね」

　ヒバリはシラヌイの顔を下から覗《のぞ》き込んで言った。

「結婚するなら、兄様にも相手の人にも幸せになってほしいって思うよ」

「ヒバリ……」

「ところで、兄様。一応訊《き》いておくけど、ちゃんと知ってるんだよね？」

「なにがだ」

「子供の作り方」

「バ、バカにするなっ。たしかに私は、幼い頃から術の研究と修行に明け暮れてきた。朴念仁と言われても仕方がないだろう。自慢ではないが、友人と呼べる者の一人もいなければ、恋の一つもしたことはない」

「それは本当に自慢にならないよ……」

「だが、子供の作り方ぐらいは、さすがに知っているっ」

「知ったのは、いつ頃？」

「半年前だ！」

「最近じゃん！」

半年ほど前に、里の若夫婦から、なかなか子宝に恵まれずに困っているから、子供ができやすくなる薬はないかと相談された。

頭領として彼らの悩みを解決するべく、シラヌイは子作りに関してあれこれ調べ、知識を得たのだった。

ちなみに、シラヌイが子宝に恵まれる薬の開発を試行錯誤している間に、件《くだん》の若夫婦に子供ができたために、結局、薬は完成には至っていない。

「それまでは、子供はどうやって生まれてくると思ってたの？」

「……男女が仲良くしているとコウノトリが運んでくるものと」

「ダメダメだぁ」

「心配するな。今はちゃんと知っている。正しい知識を身につけてさえいれば、たいていのことは上手《うま》くいくものだ」

「うーん……ま、いいや。今、兄様が一番に考えなきゃいけないことは、他にあるもんね」

「ああ、そうだ。白虎《びゃっこ》の頭領に勝つこと以外は、何も考えられない」

これまで百度戦い、負けずとも一度も勝てていない相手に、今度こそ勝たねばならないのだ。

力を尽くすだけでは足りない。決意と覚悟を研ぎ澄まし、思考のすべてを注ぐ。

シラヌイは脳裏に宿敵の姿を思い浮かべる。

艶《つや》やかな黒髪。雪のように白い肌。吸い込まれるような深みのある青い瞳。桜色の唇。

(美しい……はっ!)

シラヌイは頭を抱えて振った。

(いかんいかん! 早速、邪念が交じっているではないか! ……しかし)

しかし、勝てば、あの女神のように美しい女性を妻にできるのだ。

想像してみる。妻として自分の隣に立つアウラの姿を。赤ん坊を抱いて微笑《ほほえ》む彼女の姿を。

(こ、これは……幸せ、かもしれない。……いやいやいや! 邪念! 邪念は捨てなければ)

「兄様……なに一人で百面相してるの? キリッとしたりにやけたり」

「に、にやけてなどいないだろう」

「にやけてた! しっかりしてよね、頭領!」

ヒバリにおもいっきり尻をひっぱたかれた。

「ぐ……」

シラヌイは痛む尻をさすりつつ、妹に言った。

「私はこれから一月の間、誰とも会わずに研究と修行に集中する。里の諸々《もろもろ》は、副頭のおまえに任せるぞ」

「うん。無理をするな、なんて言えないけど……絶対に死なないでね、兄様」

「……」

死を恐れていて勝てる相手ではない。だからシラヌイは妹の言葉に首を縦には振れなかった。

代わりに、こう返した。

「勝ってみせる。絶対にな」

(見られちゃった！　見られちゃった！　見られちゃったよぅ！)

木陰に座り込み、仮面を抱きしめて、アウラは心の中で悲鳴をあげていた。

そこは、白虎《びゃっこ》の里外れの林の中。決闘の後、里に戻ってきたアウラだが、家にはまだ帰っていなかった。

日当たりが悪く、食料になる山菜もたいして採れないこの林に立ち入る者は少ない。感情が乱れると人気のないこの場所で、気持ちが落ち着くまで膝を抱えて過ごすのが、アウラの幼い頃からの癖だった。

(あの人に、顔を見られちゃったよぅ！)

朱雀《すざく》の頭領に、ついに素顔を見られてしまった。

アウラの仮面は、ただ顔を隠すための物というわけではない。魔術を使う際の魔力の消費量を僅かながら少なくする、白虎《びゃっこ》の頭領に代々伝わる術具だった。

実用的な理由で、アウラは仮面を被《かぶ》って決闘に臨んでいたのだ。——初めのうちは。

アウラが頭領になった十年前——十四歳になったばかりのアウラは、少年のような容姿をしていた。具体的には女性的な身体《からだ》の丸みに乏しかった。過酷な修行で肉が削《そ》げ落ちていたためだった。しかし、十六歳になった頃から、体型が変化し始めた。身体《からだ》の線が出にくいゆったり気味な装束を着ても隠しきれないほどに、アウラの身体《からだ》つきは女性らしさにあふれるようになった。

恥ずかしかった。朱雀《すざく》の頭領に自分が女であることを知られるのがどうしようもなく恥ずかしくて、仮面は、術具としての効果以上に、素顔を隠す物としての意味合いが強くなっていた。仮面には声を変質させる効果もあったが、極力言葉も控えた。

(知られたく、なかったのに……)

ぐずっ、とアウラは鼻を啜《すす》った。

泣き腫らして、青い目は真っ赤になっている。

また、私と戦ってくれますか？　というアウラの問いに、彼——シラヌイは、「もちろんです」と答えてくれた。その時は安堵《あんど》したが、朱雀《すざく》の頭領である彼が、決闘を拒めるはずもない。しかし、アウラが女であることを知って、それでも彼は今までのように本気で戦ってくれるだろうか。

(あの人との戦いが、わたしの全部なのに)

アウラが仮面をより深く抱え込んだ拍子に、前髪の一房が目にかかった。

白虎《びやっこ》の民の髪色は、たいていは白か、それに近い色だが、アウラの髪は黒い。黒髪の子は白虎《びやっこ》の里では忌《い》み子として嫌われ、疎《うと》まれるが、アウラは例外だった。

黒髪よりも、青い瞳を持って生まれたことが重要視された。

氷眼《ひようがん》の持ち主は、氷の魔術に対する類い稀《まれ》な適性を有する。白虎《びやっこ》の民の中に氷眼《ひようがん》持ちが生まれるのは百三十年ぶりのことで、朱雀《すざく》の民との抗争が始まって以来、初めてのことだった。氷眼《ひようがん》持ちならば朱雀《すざく》に勝てる。アウラは白虎《びやっこ》の民の期待を一心に背負って育った。物心つく前から、修行、修行、修行の日々。辛《つら》いと思ったことはなかった。修行以外のことはしない。魔術のこと以外は考えない。それが当たり前になっていたからだ。

アウラは強くなった。十歳になる頃には、白虎《びやっこ》の魔術師たちは誰も、アウラに太刀打ちできなくなった。

否応《いやおう》なく、アウラは自覚した。自分が特別な存在であるということを。髪の色も瞳の色も、魔術師としての才覚も技量も、何もかもが周囲の人々とは違う。

——わたしは、一人だ。

強くなるにつれて、アウラは孤独になっていった。

その孤独を埋めてくれたのが、シラヌイだった。

シラヌイ。朱雀《すざく》の頭領。彼だけは他の人とは違った。

全力で戦っても勝てない。何度戦っても勝てない。

アウラが修行に修行を重ねて強くなっても、彼のほうも同じだけ強くなっている。常に互角。初めのうちは戸惑った。勝てないことが悔しくてもどかしかった。しかし、いつの頃からか、アウラは彼との戦いが楽しみになっていた。

彼に勝ちたい一心で励む修行は、楽しかった。新たな術を考えるのも楽しかった。

アウラが全力をぶつけられるただ一人の相手。特別な存在であるが故に孤独だったアウラの世界に、彼は真っ正面から入り込んできて、そして居座ってみせた。

彼——シラヌイのおかげで、アウラは孤独ではなくなったのだ。

「姉さん」

声をかけられて、アウラはゆっくりと顔を上げた。

人が近づいてくる気配は感じていたし、それが誰かも察しがついていたから驚きはしなかった。

アウラの前に現れたのは、白い髪の細身の青年だった。

「ブラン……」

アウラは弟の名を口にした。

「なかなか帰ってこないから、心配したよ。怪我《けが》はない？」

ブラン——アウラの七つ年下の弟は、身を屈《かが》めてそう訊《き》いてきた。

綺麗《きれい》な面立ちには、優しい笑みが浮かんでいる。

「よかった。でも、ここで膝を抱えてるってことは、何か辛《つら》いことがあったんだね。まさか、決闘に……？」

アウラは首を横に振る。

「負けてないよ。いつもどおり引き分けだった。けど、顔を見られちゃった。わたしが女だって、あの人に知られてしまったの」

「それは……姉さんが女性だってことは、とっくに知られてたと思うよ」

「そ、そう？　それならあの人は、これからも本気で戦ってくれるかしら……」

「そんな心配をしていたの？　手を抜いてくれるなら、そのほうがありがたいよ」

ぶんぶんぶん！　とアウラは激しく頭を振った。

「あの人が本気で戦ってくれなくなったら、わたし、生きていけないよ……」

ブランは細い肩を軽く竦《すく》めた。

「まるで恋する乙女だね、姉さん」

「恋……？」

その発想はなかった。

シラヌイに対するこの気持ちは、果たして恋なのだろうか？

アウラには、恋というものがどういうものなのか、よくわからない。概念としては知っているが、理解はできていない。

「あの人のことは、好敵手として尊敬しているわ。でも、それだけ。それだけよ。大体、わたしみたいに陰気で魔術しか取り柄のない女に、恋なんてできっこないもの」

「そんなことはないと思うよ。でもね、姉さん。恋をするにしても相手は選ばなきゃダメだよ。朱雀《すざく》の頭領なんて、もっての外だ」

ブランは、左耳にだけつけている細長い耳飾りを指で弄びながら言う。

「朱雀《すざく》の頭領は倒すべき敵だ。殺すべき男だ。それだけは忘れないで」

優しい声音で、しかし冷たく言い放って、ブランは背中を向けた。

「……わかっているわ」

「長老への報告は僕がしておくよ」

ブランは去り、アウラは抱えていた仮面に顔を埋《うず》めた。

「……わかっては、いるのよ」

それでも。

（……会いたい）

決闘が終わってしまえば、次に会えるのはまた一月後。その日を一日千秋の思いで待つ。それがアウラの常だった。

素顔を見られても、女だと知られても、あの人は何も変わらない。アウラはそう願い、信じた。

そして時は流れ、月が満ちる夜がやってきた。

決闘の荒野に月明かりが降り注いでいる。

たなびく雲は薄い。夜明けまで月が隠れることはないだろう。

シラヌイとアウラは、互いに顔の見える距離で向かい合っていた。

顔が見える。アウラは仮面をせず、美しい素顔をさらしていた。

(やはり、美しい)

まるで月の女神だ、とシラヌイは思う。

(しかし……!)

見惚《みと》れてはいられない。今夜の決闘は、これまでで最も過酷な戦いになるのだから。

シラヌイはゆっくりと深く息を吸う。そして、名乗りのために口を開く。

「我が名は――」

「わたしは、アウラ!」

シラヌイの声に重なるように、アウラが名乗りをあげた。

「ああっ、ごめんなさい！　わたしったら、シラヌイさんが喋《しゃべ》っているのに！」

「い、いえ。どうぞ名乗ってください」

アウラが名乗りを口にするのは、初めてのことだった。

仮面を被《かぶ》っていないこといい、彼女にも何かしらの心境の変化、あるいは格別な覚悟があるのだろう。

「いいんですか？　では、改めて……。わたしはアウラ！　第十七代白虎《びゃっこ》の頭領にして、氷眼《ひょうがん》の魔術師！　朱雀《すざく》の頭領におかれましては、一切の手加減は無用！　全力の戦いを望みます！」

シラヌイは頷《うなず》いて、声を張り返す。

「我が名はシラヌイ！　第十三代朱雀《すざく》の頭領にして、緋眼《ひがん》の魔術師！　私の全てを賭《と》して白虎《びゃっこ》の頭領に挑むことを誓う！」

アウラが微笑《ほほえ》んだように見えた。

（手加減などできるはずもない。貴女《あなた》は私が知る限り、最強の魔術師。最良にして最大の好敵手なのだから！）

シラヌイは魔力を漲《みなぎ》らせる。

大気に宿る火の精霊たちが、シラヌイの魔力に呼応して熱を発し、景色が揺らめく。

対するアウラも魔力を高める。呼応した氷の精霊たちが空気を冷やし、細かな氷晶が月光に煌《きら》めく。

「火炎旋風《ファイア・ストーム》！」

「雪月華《ダイヤモンド・ダスト》！」

朱雀《すざく》の頭領シラヌイ。白虎《びゃっこ》の頭領アウラ。百一回目の決闘の幕が開いた。

爆《は》ぜ、凍る。

吹雪《ふぶ》き、逆巻く。

ふたりの魔術は絶え間なく激突を繰り返し、決闘の荒野を焦がし、凍《い》てつかせた。

（強い……！）

この一月、シラヌイは全ての時間を今日のために費やした。今までの自分の限界を超えられたという実感があった。

しかし、アウラもまた同じだけ強くなっていた。

「炎槍《フレイム・ランス》！」

「氷槍《アイシクル・ランス》」

互角。

「太陽蒼炎《ブルー・プロミネンス》！」

「真白の闇《ホワイトアウト》」

術の威力も繰り出す速度も、互角。

しかし。

「氷晶領域《クリスタル・フォレスト》」

焼けて凍った地面から、十数本もの氷柱が生え出た。

シラヌイは歯嚙《はが》みする。

氷晶領域《クリスタル・フォレスト》によって現れた氷柱は、一本一本が強烈な冷気を放ち、氷の精霊を活性化させる。

場に宿る氷の精霊が力を増すほどに、相反する火の精霊の力は弱まってしまう。

シラヌイは氷柱を破壊するべく炎の津波を呼んだ。

「灼熱波《ヒート・ウェイブ》！」

炎に吞《の》まれた氷柱が、溶けて砕けていく。

（な……！）

シラヌイは目を剝《む》いた。

炎の津波に耐えた氷柱が数本。——相殺《そうさい》しきれなかった。

それは、アウラの術の威力が、シラヌイのそれを上回り始めたことを意味していた。

（均衡が崩れる……！）

このまま術のぶつけ合いを続けていれば、遠からずシラヌイのほうが押し負けることになるだろう。

（一気に決めるしかない……！）

この日に向けて編み出した新術の一つを繰り出すべく、シラヌイは両足を地に据え付け、腰を落とした。

大きく息を吸い込みながら、魔力を練る。

「この世全ての紅《あか》よ、集え」

肺を熱気で満たしたシラヌイは、吸気を呼気に転じ、呪文を唱える。

通常、魔術師が術を行使する際には、呪文を詠唱する。呪文には、精神と魔力との接続を補助し、さらに魔力と精霊との同調を促す効果がある。しかし、呪文は必須というわけではない。熟練の魔術師であれば詠唱なしで術を使うことも可能だ。実際、シラヌイもアウラも、無詠唱で術の応酬を続けてきた。

だが、今、シラヌイが使おうとしているのは、極めて高度な精神集中と、精霊とのより深い同調を必要とする大魔術だ。緋眼《ひがん》持ちのシラヌイでさえ、詠唱なしでは使えない。足も止まってしまう。

シラヌイは緋眼《ひがん》を見開いて、壁のように立ちこめる蒸気を睨《にら》む。

足を止めての詠唱。つまり、今のシラヌイは隙だらけだ。今攻撃されたらひとたまりもない。アウラは当然、シラヌイの隙に気づいているはずだ。

蒸気の壁の向こうから、アウラが現れる。

シラヌイの視線を受けて、アウラは、

「無慈悲なる夜の女王が天球の星々に告げる。地は廻《めぐ》らず、時は凍るだろう」

胸の前で掌《てのひら》を合わせ、呪文の詠唱に入った。

シラヌイの大魔術に対し、彼女もまた大魔術で応じようというのだ。

シラヌイは心の中で笑む。

(貴女《あなた》はいつだってそうだった)

力には力で。技には技で。大魔術には大魔術で。真っ向から受けて立つ。

だから、アウラとの戦いは心が躍り、血が沸き立つのだ。

「紅は始原。紅は終焉《しゅうえん》。我が心の焦がれるままに、天を焦がし地を焦がせ」

シラヌイは頭上で組み合わせた左右の手を正面に振り下ろす。

拳の前に生まれた赤い光点が、周囲の火気をくらって膨れ上がっていく。

「一切の希望は砕け散る。恒星は闇に堕《お》ちる。命よ、永久の眠りに沈め」

アウラが合わせていた両の掌《てのひら》をそっと離す。その間に生まれた白い光点が、凄《すさ》まじい冷気を放ち始める。

「紅炎天焦《クリムゾン・フレア》！」

「絶対零度《アブソリュート・ゼロ》」

炎と氷。相反する二つの大魔術が解き放たれる。

火気をくらって巨大な火球となった赤い光点は、自らが発する火気をもくらってさらに膨張を続けながらアウラへと向かっていく。

一方、アウラが生んだ白い光点は、ただひたすらに発する冷気を強めながら、シラヌイに向かってくる。

劫火《ごうか》の如《ごと》き炎とあらゆる生命を凍《い》てつかせる絶対の冷気がぶつかり合う。

大きすぎる力の衝突に、地が震え、大気が絶叫する。

もし、二つの大魔術が相反する属性でなかったら、一帯の地形は変わっていただろう。

相反する属性は互いを打ち消し合う。

シラヌイの紅炎天焦《クリムゾン・フレア》とアウラの絶対零度《アブソリュート・ゼロ》は、威力としては全くの互角。

相反していながらも均衡の取れた二つの大魔術は、地を深く抉《えぐ》りはしたものの、大規模な破壊をもたらすことはなく、多量の蒸気と化して一面を白く染め上げた。

（紅炎天焦《クリムゾン・フレア》でさえも……）

シラヌイは片膝をついた。息が乱れ、目も霞《かす》んでいる。大魔術の使用で、抑え込んでいた疲労が一気に噴き出してきたのだ。

「ぐ……っ」

歯を食いしばって立ち上がる。

冷たい風が吹いた。蒸気が流れ、跳躍するアウラの姿が露《あらわ》になる。

「氷刃円舞曲《アイス・エッジ・ロンド》」

無数の氷の刃が、舞い踊るように複雑な軌道を描いて飛来する。

「火炎方陣《イグニッシヨン》！」

シラヌイは十数本の火線を網のように縦横に走らせ、氷の刃を迎え撃つ。

炎の網に触れた氷の刃は、蒸発──しない。火線を切り裂いて、シラヌイに迫る。

緋眼《ひがん》を大きく見開いたシラヌイに、氷の刃がザクザクと突き刺さる。

腕に、足に、腹に、胸に、そして喉にも。

「が……っ！」

再び片膝をついたシラヌイは、血を吐いてもう片方の膝をもついた。

生命感なく項垂《うなだ》れたシラヌイに、アウラがゆっくりと歩み寄る。


（え、え、え？　嘘《うそ》？　嘘《うそ》でしょ？）

シラヌイの前に立ったアウラは、狼狽《うろた》えていた。

氷刃円舞曲《アイス・エッジ・ロンド》がまさか直撃するとは思っていなかった。

もちろん一切の手加減なく殺す気で撃った。しかし、シラヌイなら当然相殺《そうさい》するものと思っていた。

（そんなに消耗していたなんて……）

疲れているのはアウラも同じだった。戦いが始まって撃った術の回数は、軽く百を超えている。加えて大魔術だ。実際、アウラも肩で息をしている。

だが、戦いはまだまだ続くと思っていた。むしろ、ここからが本当の勝負だと。

なのに、シラヌイはアウラの術を相殺《そうさい》しきれず、両膝をついた格好で項垂《うなだ》れている。

「あ、あの、死んじゃったんですか……？」

それは、間抜けな問いかけだった。

生きていられる傷でないのは一目瞭然。

「そん、な……」

アウラはその場にがっくりと崩れて、両手で顔を覆った。

「シラヌイさんが死んでしまった……！　殺してしまった！　わたしが……！」

アウラは泣いた。涙があふれて止まらない。

頭領になった時から、殺される覚悟も殺す覚悟もしていたはずなのに。

勝った喜びは微塵《みじん》もなく、ただ、彼が死んでしまったという事実が、悲しくてたまらない。

「シラヌイさん！　シラヌイさん！　シラヌイさん……っ！」

アウラが泣きじゃくりながらシラヌイの亡骸《なきがら》にすがろうとしたその時、シラヌイの亡骸《なきがら》が突如として燃え上がった。

「な、なに……？」

刺さっていた氷の刃が瞬時に溶けて消える。炎は彼の全身を包み込み、さらに火勢を増した。

そして、逆巻く炎の上に、それが現れた。

炎によってその身を成す鳥――朱雀《すざく》。

朱雀《すざく》の民の名の由来となった火の上位精霊。炎の顕現。

大きな翼を広げ、甲高い声を響かせて、朱雀《すざく》は飛翔《ひしょう》する。

火の粉を雨のように降らせながら天へと昇っていく朱雀《すざく》を、アウラは呆《ほう》けた表情で見送る。

「不死鳥輪廻《フェニックス・リバイブ》」

不意に聞こえたその声に、アウラは息を呑《の》みつつ正面を見た。

目が合った。シラヌイの緋色《ひいろ》の瞳が、アウラを見ていた。

「え……？」

シラヌイが動いた。立ち上がりながら地面を蹴って、迫ってくる。

アウラは驚く以外に反応できず、組み敷かれてしまう。

「シ、シラヌイさん……？」

両手をつかまれ、両足も巧みに押さえつけられて、身動きを封じられたアウラは、まばたきを忘れて目の前にあるシラヌイの顔をただ見つめる。

「この体勢では貴女《あなた》はもう抵抗できない。私の勝ちです」

シラヌイが言った。

アウラは口をぱくぱくさせながらシラヌイの首を見た。血の跡はあるが、傷は見えない。

「予《あらかじ》め、蘇生《そせい》の術を自分に施していたのです」

アウラの視線に気づいたシラヌイがそう教えてくれたが、頭に入ってこない。

アウラには、シラヌイが生き返った、生きているという事実だけが重要だった。

決闘の勝ち負けさえも、思考から飛んでいた。

「負けを認めていただきたい」

「よかった……」

アウラの目から再び涙があふれた。今度は、悲しみではなく、喜びの涙が。

「あなたが生きていてくれて、よかった……」

アウラが泣いている。

「あなたが生きていてくれて、よかった……」

しかも、どうやら自分が生きていることを喜んでいるらしいという事態に、シラヌイは困惑した。

アウラが、まったく抵抗しないことにも。

（わ、私の勝ちということでいいのだろうか）

シラヌイはアウラの先の攻撃で死ななかったわけではなく、たしかに一度死んでいる。その意味ではアウラの勝ちともいえなくないのだが、アウラからそういった反論はない。

今日の決闘のために、シラヌイは二つの新術を完成させた。一つは紅炎天焦《クリムゾン・フレア》。もう一つが不死鳥輪廻《フェニックス・リバイブ》だ。

蘇生《そせい》魔術は魔術の極点。古今東西の魔術師たちが目指しつつも実現には至らなかった、不可能魔術の領域にある。

その不可能魔術の実現に、シラヌイは限定的ではあるが成功したのだ。

火の上位精霊である朱雀《すざく》は、二つの概念と結びついている。燃焼と再生。シラヌイはこの再生の概念を最大限に抽出した。それは、緋眼《ひがん》を持つシラヌイにしか成し得ない業だった。さらにシラヌイは、蘇生《そせい》の対象を他人ではなく自身にすることで術の難度を下げた。他人の生命よりは自分の生命のほうが干渉しやすい、という理屈だ。それでもまだ、不可能魔術を実現するには足りない。そこで、シラヌイは、生涯ただ一度しか使えないという重大な制約を加えることで、蘇生《そせい》魔術という奇跡を実現させたのだった。

……という話を、アウラに聞いてほしかった。シラヌイと同等の魔術師である彼女なら、シラヌイが蘇生《そせい》魔術を如何《いか》にして実現させたか興味を持つはずだし、説明すれば理解してくれると思っていた。

しかし、アウラは、泣くばかりで不死鳥輪廻《フェニックス・リバイブ》の理論どころか、決闘の勝ち負けにさえ興味がないように見える。

これは、全くの予想外だった。

「あ、あの……」

シラヌイは恐る恐る問いかけた。

「私が生きていて、何故《なぜ》、貴女《あなた》が泣くのですか」

アウラはしゃくり上げつつ答える。

「あ、あなたが、わたしの人生の、全部だからです……っ」

「わ、私が……？」

「あなたがいない世界なんて、考えられません……っ！」

「……！」

アウラの言葉と泣き顔に、シラヌイの胸は締めつけられた。

苦しい。胸が苦しい。熱い。熱い何かが、胸の奥から込み上げてくる。

これは、この感情はなんだ？

目の前の女性に対して感じる、この狂おしいほどの、熱い気持ちは。

「ア、アウラ殿……っ！」

待て！　と理性が叫ぶ。

（私は何を口走ろうとしているんだ……！）

だが、理性が叫んだその声は、遠く遠くかき消えていく。

そして、シラヌイは、涙に濡《ぬ》れたアウラの氷眼《ひょうがん》をまっすぐに見つめて、言い放っていた。

「私の妻になっていただきたい……っ！」

今、この場で求婚しようとは考えていなかった。

決闘に勝利した後、朱雀《すざく》の民と白虎《びゃっこ》の民、双方の重鎮を集め、世界塔の巫女《みこ》から賜った予言を伝え、理解を得て……という、手順を踏むはずだった。

なのに、シラヌイは自分を抑えられなかった。

二十二年の人生に於《お》いて初めて、感情が理性を凌駕《りょうが》した。

「私と、結婚してください……っ！」

アウラが動いた。両手を拘束していたシラヌイの手が、振り解《ほど》かれてしまった。それも、軽く。

（しまった……！）

シラヌイは狼狽《ろうばい》する。油断した。

アウラの白い手が、シラヌイの顔に迫る。

（やられる……！）

シラヌイは身を強張《こわば》らせる。

アウラの手がシラヌイの頬を通り越して後頭部へ回る。

シラヌイは、そして、抱き寄せられた。

（……⁉）

アウラは豊かな胸にシラヌイの頭を抱きしめて、言った。

「します、結婚……！　してください……！　わたしを、あなたの妻に……っ！」

アウラの返答に、シラヌイは混乱する。

自分で求婚しておきながら、その求婚が受け入れられた──それも嬉々《きき》として──という事実に、頭がついていかない。

アウラの胸に顔を埋《うず》めた格好のまま、シラヌイはただただ目を回した。


月が沈み、夜が明けた。

朝陽《あさひ》が決闘の荒野を白く染めていく。

「わたし、生みます！　シラヌイさんの子供なら、一人でも十人でも……！」

「は、はあ」

何故《なぜ》か求婚に応じてくれたアウラに、シラヌイは世界塔の巫女《みこ》の予言を伝えた。

十年後に起きるという大災厄。シラヌイとアウラの間に生まれた子供が、大災厄に対抗しうる七曜の賢者の要になることを。

シラヌイの言葉を、アウラは疑わなかった。少なくとも表面上は疑っていないように見える。

「あ、あの、けっこう突拍子もない話をしていると思うのですが、信じていただけているのでしょうか……?」

「信じます！　わたし、シラヌイさんの言葉なら、信じられます！」

「何故《なぜ》、そこまで私を信じていただけるのか。貴女《あなた》にとって、私は長年戦ってきた怨敵のはず」

「長年戦ってきたから、ですよ」

シラヌイの問いかけに、アウラはやわらかく微笑《ほほえ》んだ。

「戦う度に、わたしはシラヌイさんの魔力を強く感じてきました。あなたの純粋で、まっすぐな人柄を、魔力は言葉以上に雄弁に伝えてくれましたから」

「……それは、たしかに」

熟練の剣士同士は、剣を交えることで相互理解に至るという。同様に、熟練の魔術師は互いの魔力をぶつけ合うことで、互いを知る。知る、というよりは、漠然と感じる、といった具合ではあるが。

シラヌイが感じたアウラの魔力は、純粋で穏やかだが、同時に嵐のように激しくもあった。

「信じていただけることに、感謝します」

「お礼なんて、そんな。妻が夫を信じるのは、当然のことですから！」

「わ、私たちはまだ正式な夫婦になったわけではありません。私たちの結婚には、乗り越えなければならない障害があります」

「……！　そ、そうですね。まずは、長老に報告しないと」

シラヌイは頷《うなず》く。

「アウラ殿。貴女《あなた》の口から巫女《みこ》様の予言を長老殿に伝えていただき、その上で、互いの里の重鎮の顔合わせをいたしましょう」

「は、はいっ。あっ」

「どうされました？」

「わたしたちは、これからお互いの里に帰るんですよね？」

「え、ええ。そうなりますね」

アウラは悲しげな表情で、シラヌイの顔に手を伸ばす。震える指先が、頬に軽く触れた。

「……離れ離れになってしまうんですね」

「……！」

シラヌイは呻《うめ》いた。

(だ、抱きしめたいっ！)

衝動を、どうにか堪《こら》える。

自分で言ったように、アウラはまだ妻ではないのだ。おいそれとは触れられない。

「ででもっ、夫婦になれば、ずっと一緒にいられますよね？」

「ずっと……そうですね。夫婦ということは、そういうことになるのでしょう」

「なら今は、涙を呑《の》んで里に帰ります」

名残惜しげにシラヌイから身を離したアウラは、胸の前で手を合わせ、目を閉じた。

彼女の魔力が急速に練り上げられ、研ぎ澄まされていくのを感じて、シラヌイは軽くたじろいだ。

「白虎召喚《びやっこ》」

アウラの桜色の唇が小さく言葉を紡《つむ》ぐと、彼女の背後で風が巻いた。

風は氷雪を伴って、周囲の気温を急激に下げていく。

ほどなくして風がやむと、そこに一頭の虎が現れていた。白い毛並みの、屈強な虎が。

「白虎《びやっこ》……」

シラヌイは息を呑《の》みつつ、その虎の名を呟《つぶや》いた。

火の上位精霊である朱雀《すざく》と対を成す存在、氷の上位精霊——白虎《びやっこ》。

シラヌイが白虎《びやっこ》を目《ま》の当たりにするのは初めてではない。アウラは過去の戦いで、幾度も白虎《びやっこ》を召喚してきた。その度に、シラヌイも朱雀《すざく》を召喚して応戦したものだ。

アウラの手が白虎《びやっこ》の頭を撫《な》でる。白虎《びやっこ》は甘える子猫のように目を細めつつ姿勢を下げた。

アウラは白虎《びやっこ》の横腹に足を掛け、その背中に跨《また》がった。

「長老と副頭を連れて朱雀《すざく》の里に参じます。五日……いえ、三日お待ちを！」

アウラが言いつつ白虎《びやっこ》の背中を軽く叩《たた》くと、白虎《びやっこ》は振り返って走り出した。

白虎《びゃっこ》の駆ける速さは、どんな駿馬《しゅんめ》にも勝る。疾風の如《ごと》く、その白い姿は地平の向こうに消えていった。

シラヌイは舌を巻く。

アウラには白虎《びゃっこ》を召喚するだけの余力が残っていたのだ。

今のシラヌイに、朱雀《すざく》の召喚は無理だ。アウラを取り押さえて勝利宣言をしたが、実際のところ、アウラに抵抗されていたら、負けていたのはシラヌイのほうだっただろう。

(よく、勝てたものだ……)

もう一度アウラと戦って勝てと言われても、まったく勝てる気がしない。つくづく、薄氷の勝利だった。

(しかし、アウラ殿は何故《なぜ》、求婚を受けてくれたのだろう)

アウラが求婚に応じたのは、巫女《みこ》の予言を伝える前だ。

(私のことを憎からず思っていてくれたようだが……)

果たして、十年、戦い続けた宿敵を、憎からず思えるものだろうか。

自分はどうか、とシラヌイは自問する。

(彼女を憎いと思ったことは、ないな)

負けたくない。勝ちたい。その一心で修行に励んできた十年は、過酷でありつつも充実していた時間だったように思う。

憎むどころか、シラヌイはアウラに対し、尊敬と感謝の念を抱いていた。

「……次に会えるのは、三日後か」

たった今別れたばかりだというのに、次に会える時が楽しみでたまらない。

(この三日を無為に過ごすわけにはいかない。改めて、学んで蓄えておかなければな。子作りの知識を……!)

シラヌイは上りゆく朝陽《あさひ》に向かって拳を固め、誓う。

「私は必ず、立派な子を生《な》してみせる!」


決闘の夜から数えて二日後。

夜の闇も深まりつつある頃、朱雀《すざく》の里に、冷たい風が吹いた。

「シラヌイさん! わたし、きました!」

その時、シラヌイが里の入り口にいたのは偶然ではない。凄《すさ》まじく強い魔力の接近を感じて、慌ててやってきたのだ。

氷晶が舞うほどの冷たい風を纏《まと》った巨大な虎が、シラヌイを見下ろしている。その背には、三つの人影。

そのうちの一人——黒髪の美女が颯爽《さっそう》と飛び降り、シラヌイに笑顔を向けてきた。

「ア、アウラ殿……」

「ごめんなさい。三日後に……というお約束でしたけれど、シラヌイさんに早く会いたくて、二日できちゃいました」

言いつつ、アウラは巨大な虎——白虎《びゃっこ》の首を撫《な》でた。

白虎《びゃっこ》の里から朱雀《すざく》の里までは、山を二つ越えなければならない。道は険しく、馬も使えない。

しかし、白虎《びゃっこ》なら道なき道を駆けることも可能だ。とはいえ、氷の上位精霊である白虎《びゃっこ》を召喚し、顕現状態を維持し続けるのは、並の魔術師どころか熟練の魔術師にさえできることではない。氷眼《ひょうがん》を持つアウラ以外には不可能だろう。

「いくらなんでも飛ばしすぎだよ、姉さん」

白虎《びゃっこ》の背の上にいた人物の一人が、アウラの隣に降り立った。

「何度振り落とされそうになったことか」

白い髪に白い装束の青年。顔立ちは美しく線も細いが、装束の下の身体《からだ》は相当に鍛え込まれているだろうことは、着地の所作だけでわかった。

「弟さんですか？」

シラヌイの問いに、アウラはぽんと掌《てのひら》を合わせた。

「はいっ。紹介しますね。この子は弟の」

「ブランです。副頭として姉を支えております」

アウラの言葉の途中で青年は名乗り、恭《うやうや》しく頭を下げた。

「私は朱雀《すざく》の頭領シラヌイ。ブラン殿、よしなに」

シラヌイの握手の求めに、ブランはやわらかな笑みを浮かべて応じる。

「よろしくお願い致します。シラヌイ様」

ブランの手は白く、指も細いが、たしかな握力を感じる。

その手に、不意に力がこもった。

「……っ」

痛みに、シラヌイは奥歯を噛《か》んだ。

ミシミシと骨が軋《きし》んでいるのがわかる。

「ブラン殿……？」

「おっと、これは失礼を。シラヌイ様にお目にかかれた喜びと緊張で、思わず力が入ってしまいました」

ふふっ、と邪気なく笑って、ブランは手を離した。

（……やはり、見た目どおりの若者ではないということか）

彼は白虎《びやっこ》の副頭であり、アウラの弟だ。アウラと修行を共に積んできたであろうことを鑑《かんが》みれば、並の魔術師であるはずがない。

白虎《びやっこ》の副頭として、朱雀《すざく》の頭領に良い感情を抱いていないのも当然だった。

「叔母様も、降りてきてください」

アウラの呼びかけに、白虎《びゃっこ》に乗っていた最後の人物が動いた。おもむろに立ち上がり、アウラとシラヌイの間に、音もなく舞い降りた。

その身のこなしから、こちらはブラン以上の手練《てだ》れだとわかる。

女だ。アウラに勝るとも劣らない美貌の持ち主だが、目許《めもと》にも口許《くちもと》にも感情の色が滲《にじ》んでおらず、どこか作り物めいた印象を受ける。長い髪は新雪のように真白い。ブランが言っていたように、山道を駆ける際に白虎《びゃっこ》は相当激しく動いたはずだが、藍色の装束には一切の乱れがない。

年は三十路《みそじ》手前のように見えるが、実際にはそれより十ほど上であることを、シラヌイは知っていた。彼女の名前も。

「ご息災のようでなによりです、フロロ殿」

白虎《びゃっこ》の里の先代頭領にして現長老であるフロロに、シラヌイは一度だけだが会っていた。

「十年ぶりか、少年。いや、今はもう立派な朱雀《すざく》の頭領だったな。逞《たくま》しくなった」

シラヌイの挨拶に、フロロはそう応じた。声音には、表情と同様、感情の色がない。

(まったく老《ふ》けていないな、この御仁は)

十年ぶりに見《まみ》えるフロロは、記憶にある姿とまったく変わっていなかった。

「お話は長老の屋敷《やしき》で。ご案内致します」

三人を先導しながら、シラヌイは改めて事の重大さを思い知った。

白虎《びやっこ》の頭領、副頭、長老の三人が朱雀《すざく》の里を闊歩《かつぽ》しているのだから。彼女らの到着が人目のない夜間だったのは、幸いだった。昼日中に、多くの民に白虎《びやっこ》が目撃されていたら、大騒ぎになっていただろう。

「こちらです」

屋敷《やしき》の客間には、既にカガリ、ヒバリ、そしてもう一人――ベールで顔を隠した薄紅色の髪の女の姿があった。世界塔の使者、リーリエだ。

リーリエは今日の昼間に、再び朱雀《すざく》の里に現れた。

「巫女《みこ》が、シラヌイ様と白虎《びやっこ》の頭領にお伝えしたいことがあるそうです」

シラヌイのほうから世界塔に連絡を取る手段はなく、アウラとの決闘に勝ったことも、彼女が求婚に応じてくれたことも報告できてはいなかった。しかし、どうやら世界塔の巫女《みこ》は全てお見通しということらしい。

そして、間に世界塔の使者を挟んで、朱雀《すざく》の里と白虎《びやっこ》の里の重鎮が一堂に会することとなったのである。

「白虎《びやっこ》の御方々、ご紹介致します。世界塔の巫女《みこ》の使者、リーリエ殿です」

「私が巫女《みこ》の言葉をお運び致します。どうぞよしなに」

紹介されたリーリエは、姿勢正しく座したまま、口許《くちもと》に笑みを浮かべた。

白虎《びゃっこ》の三人は顔を見合わせた後、アウラ、ブラン、フロロの順で名乗った。

「あの、えっと……アウラです。と、頭領、です。よろしくお願いします」

「ブランです。副頭として、この場に参じました。世界塔の方にお会いできて光栄です」

「長老のフロロだ。この場に世界塔の使者がいるということは、アウラの言っていた大災厄の話は朱雀《すざく》の作り話というわけではないようだな」

ハッ、と笑ったのは、煙管《きせる》を片手に、だらしなく肘掛けにもたれていたカガリだ。

「疑ってたってのかい？　フーちゃん」

フーちゃん？

シラヌイは白虎《びゃっこ》の三人を見る。フーちゃんという、愛称らしき呼称は誰に向けられたものだろうか。

該当し得るのは、一人しかいなかった。

「疑わないわけにもいかないだろう。しかし、嘘《うそ》にしては真実味がなさすぎる。カガりんならもっとマシな嘘《うそ》をつくだろうとは思ったが」

その人――フロロが、能面のようだった顔に、かすかな笑みを浮かべた。

「フーちゃん……カガりん……おふたりは、そのように呼び合う間柄だったのですか？」

カガリとフロロは、互いの里の頭領として、シラヌイとアウラがそうだったように、十余年に亘《わた》って決闘を繰り返してきた仇敵《きゅうてき》同士だ。

愛称で呼び合うような関係性に、違和感を覚えたシラヌイだったが、

「意外かい？　宿敵との間に友情が芽生えるってのは」

カガリのその言葉に、納得した。

「いえ、理解できます。大いに」

「あのっ。あたしはヒバリです！　副頭やってます！　あ、頭領はあたしの兄です！」

ヒバリが立ち上がり、頭を下げた。

「い、妹さん⁉　ア、アウりゃです。よろしくお願いしますっ」

アウラが自分の名前を噛《か》みつつ頭を下げ返す。

顔を上げたヒバリが、「よかったぁ」、胸に手を当てて笑った。

「アウラさんがいい人で」

「そ、そんなっ。わたしなんて、魔術しか取り柄のない、つまらない人間です……」

アウラは手と首をふるふると振った後、肩を落とした。

「自信を持ってください。アウラさんは、とっても素敵な女性ですよ。なんたって、あの朴念仁の兄様を一目惚《ひとめぼ》れさせたんですから」

「ひ、一目惚《ひとめぼ》れ……？」

「ヒバリ！　余計なことを言うなっ」

「あたし、ずっと心配してたんです。朴念仁で唐変木の兄にちゃんとしたお嫁さんが見つかる

のかなって」

「悪口が増えている！」

シラヌイの抗議の声を無視して、ヒバリは続ける。

「アウラさんがお嫁さんになってくれるなら、安心です。兄のこと、よろしくお願いしますね」

ヒバリはアウラの手を取って、改めて頭を下げた。

「待て」

客間に冷たい声が響いた。

声の主は、白虎《びやっこ》の長老フロロだ。

「ふたりの婚姻を、私はまだ認めていない」

シラヌイに向けられたフロロの目は、声音と同様、冷たい。

「約定は果たす。決闘に敗れた以上、我ら白虎《びやっこ》の民は、故郷への帰還を諦めよう。しかし、頭領を差し出すとなれば、これは約定の外。民の中には、白虎《びやっこ》が朱雀《すざく》の軍門に降《くだ》ったと捉える者も出よう」

凍るようなまなざしに、シラヌイは寒気を覚えた。しかし、怯《ひる》むわけにはいかない。フロロの目をまっすぐに見返して、シラヌイは言う。

「故郷への帰還を諦める必要はありません。私は、朱雀《すざく》の民と白虎《びやっこ》の民が、共に生きていける未来を作りたいと考えています」

フロロの目が、さらに冷え込んだ。

「我ら白虎《びゃっこ》の民を、この土地に迎え入れると？」

シラヌイは頷《うなず》く。

「狭い里ですから、一度に全ての民を、というわけにはいかないでしょう。開拓に時間がかかります。それでも、いずれは」

「何故に、我らを受け入れようとする」

シラヌイは一度、細く、しかし深く息を吸って吐き、答える。

「朱雀《すざく》の民と白虎《びゃっこ》の民は家族になれる。そう、信じているからです」

「血の歴史を重ねてきた我々が、家族になれると、何故《なぜ》思える」

「抗争の初期にこそ、たしかに多くの血が流れました。しかし、決闘の規定ができてから先は、互いに規定を遵守し、血は流れていません。この間に、私たちは憎しみではなく、互いへの信頼と敬意を積み重ねてきたはずです。共に生きていける道筋は、既に築かれているのです」

「…………」

「どうか、私とアウラ殿の結婚を認めていただきたい。朱雀《すざく》と白虎《びゃっこ》、二つの民が共に生きていく、その最初の例として」

世界のために、という大義名分を、シラヌイはここでは口にしなかった。

二つの民の共存は、巫女《みこ》から予言を聞かされる以前から考えていたことだった。

「あ、あのっ、わたしからもお願いします！　シラヌイさんとの結婚を許してくださいっ！」

「アウラ、おまえは少し黙っておれ」

フロロに冷えた目と声を向けられたアウラは、「うっ」と呻《うめ》いて怯《ひる》みつつも、食い下がった。

「だ、黙りません！　フロロ叔母様のことは尊敬しています。でもでもっ、今の頭領はわたしですから！」

「ほう。立場を振りかざして、私に楯突《たてつ》くか」

客間の空気が、一瞬で冷え込んだ。比喩ではない。フロロの魔力の高まりによって、氷の精霊が活性化されたことによる現象だ。

「ひいっ」

アウラが震え上がった。

無理もない。シラヌイも肌が粟立《あわだ》っている。反射的に、身構えてしまうところだった。

魔術師としての実力でいえば、アウラのほうがフロロより上だ。戦えば、確実にアウラが勝つだろう。

それでも竦《すく》んでしまうほどに、フロロの魔力は練り上げられていた。

「わ、わたしもシラヌイさんと同じことを考えていました！　朱雀《すざく》の人たちに、里を出ていってもらうんじゃなく、一緒に生きていけないかって。叔母様だって同じはずです！」

アウラは声を上擦らせつつも、後ずさるのではなく、一歩前に出て訴えた。

「………」

「それにっ」

アウラは、さらに一歩前に出た。

「シラヌイさんを逃してしまったら、わたしなんかをお嫁さんにしたいと言ってくれる男の人は、きっともう現れません！　わたしの人生で、最初で最後の結婚の機会を、奪わないで！」

「何を言ってるの、姉さん！」

アウラの後ろで、ブランが声をあげた。

「姉さんより魅力的な女性なんて、この世にはいないよ！　自信を持って！」

「ブラン、あなたは応援してくれるのね」

「もちろん！　僕はいつだって姉さんの味方だよ！」

「黙れ、ブラン。副頭の出る幕ではないわ」

「……っ」

フロロに冷たく一喝され、ブランは口を噤《つぐ》んだ。

アウラはフロロを叔母様と呼んでいる。その呼称からして、三人は血縁関係にあるらしい。

さらに、アウラとブランにとって、フロロが叔母というだけではなく、魔術の師であることも想像に難《かた》くない。色々な意味で、逆らいにくい相手なのだろう。

「叔母様、お願い！」

懇願するアウラの目には、涙が滲《にじ》んでいた。

「泣くほどに、朱雀《すざく》の坊やと結婚したいのか」

「したいでずっ！」

嘲るようなフロロの物言いに、アウラは迷いなく頷《うなず》いた。語尾が「でずっ！」になったのは、鼻を啜《すす》りながら喋《しゃべ》ったからだ。

「白虎《びゃっこ》の民を棄《す》てるのか」

フロロが眼光と魔力をさらに冷たくして、アウラに詰める。

アウラは意を決した表情で前に踏み出ようとしたが、フロロの圧に押されて、後じさってしまった。

シラヌイはそんなふたりの間に割って入り、声を張った。

「白虎《びゃっこ》の民は、誰一人として不幸にはしません！」

フロロの眼光が向かう先が、アウラからシラヌイに移った。

アウラが怯《ひる》んだほどの圧に、喉が強《こわ》ばる。それでも、シラヌイは下がらない。目を逸《そ》らさない。

「豪語したな、坊や」

フロロの魔力がさらに高まり、シラヌイの鼻先に、無数の氷片が浮かび上がった。刃物のように鋭い。

「一つ、教えてやろう。他人を不幸にしないというのは、存外、難しいということをな！」

氷片が躍った。冷気をほとばしらせて、一斉に襲いかかる。シラヌイに――ではなく、後ろにいた、ヒバリに。

「――っ⁉」

ヒバリが息を呑《の》む気配が伝わってきた。

「ヒバリさん！」

アウラの声が響く中、シラヌイは念じた。

（溶かせ）

ヒバリに突き刺さる寸前に、氷片は一つ残らず蒸発した。

シラヌイはフロロから目を離してはいない。

「振り向きもせずに私の氷を溶かしたか。やるな」

「フロロ殿、このような真似《まね》はやめていただきたい」

フロロは、ふっ、と小さく笑った。

「そうだな。やめておこう。姪《めい》に殺されたくはないからな」

フロロは視線で、シラヌイに後ろを見るよう促した。

シラヌイは振り返り、ぎょっとする。

ヒバリを庇《かば》うように抱きしめた格好のアウラが、凄《すさ》まじい形相でフロロを睨《にら》んでいたのだ。青いはずの氷眼《ひょうがん》が、今にも火を噴きそうなほどに赤く血走っている。

「たとえ叔母様でも、許しませんよ」

アウラが低い声を出した。

フロロのそれよりもさらに冷たい魔力がアウラの全身から立ち上り、室内にちらちらと氷の結晶が舞った。

「ア、アウラ殿。落ち着いて……」

「あっはっはっ！」

シラヌイが諫《いさ》める声をかき消すような笑い声が響いた。

声の主――カガリは、大きく開いた胸元をボリボリと掻《か》きつつ、言った。

「もういいんじゃないのかい、フーちゃん。そいつらの決意は、それなりに本物だよ」

言葉を向けられたフロロが、「ふーっ」と息を吐いた。

「叔母様……？」

アウラの魔力が解《ほぐ》れ、冷え込んでいた室温が戻っていく。

「まあ、一応は合格点といったところか」

フロロが言った。

「憎まれ役、ご苦労さん」

カガリが歯を見せ、胸元を掻《か》いていた手をはたはたと振った。

フロロの美貌に微笑が浮かぶのを見て、シラヌイは察する。

「フロロ殿は、初めから私たちの結婚に反対するつもりはなかったのですね」

「ああ」

フロロはあっさりと肯定した。

「白虎《びゃっこ》と朱雀《すざく》の因縁を終わらせる好機だ。逃す手はあるまいよ。とはいえ、難事ではある。おまえたちの覚悟の有無を、たしかめさせてもらった」

「まー、誰かがやらなきゃなんない役さ。フーちゃんがやらないなら、アタシが同じことをするつもりだった」

フロロとカガリが視線を交わし、小さく笑い合う。

「それでは、私たちの結婚は——」

「認めるよ。姪《めい》っ子の婚期を奪って、恨まれるのも御免だ」

「お、叔母様っ！」

「おまえもそれでいいな、ブラン」

「……僕は、姉さんが幸せならそれでいいよ」

問われたブランが答えるまでに、少しの間があった。

（これで……）

朱雀《すざく》と白虎《びゃっこ》、双方の頭領、副頭、長老が結婚に賛成したことになる。

「坊や。いや、婿殿」

フロロが、改めてシラヌイに向き直った。

「アウラは私の姉の忘れ形見だ。私はあれに重荷を背負わせることしかできなかったが、親代わりとして幸せを願っている。どうかアウラを、私の姪《めい》を、よろしく頼む」

シラヌイはその場に座し、左右の拳を床につけて、深く頭を下げた。

「アウラ殿は、私の全てを賭《と》して幸せにします。白虎《びゃっこ》の民も」

「シラヌイさん！」

アウラの高い声が響いた。

「わたしたち、結婚できるんですねっ！」

頭を上げ、立ち上がったシラヌイに、アウラが抱きついてきた。

シラヌイに、アウラの全身が押しつけられる。そのどこもかもがやわらかい。

「ア、アウラ殿、嬉《うれ》しい気持ちは私も同じですが、人目がありますので……」

「わたし、気にしませんっ！」

「いや、私が気にするという話で……」

「大いにイチャつくがよい。それが、世界のためじゃ」

少女の声がした。

「この声は……！」

シラヌイは驚きつつ視線を動かし、声の主を見つけた。

客間の中央に姿勢正しく座っているリーリエ。彼女の膝の前には鏡が置かれており、声の主は、その上に映し出されていた。

「巫女様《みこ》……！」

アウラがシラヌイに抱きついたまま、「えっ？」と小さく驚きの声をあげた。

「あの可愛《かわい》らしい女の子が、世界塔の巫女《みこ》様なのですか？」

「いかにも。儂《わし》が世界塔の巫女《みこ》グリグリじゃ。敬うがよい」

アウラのシラヌイに対する問いに、巫女《みこ》グリグリが自ら答えた。

「えっ？　ぐ、ぐり……？」

「グリグリ！　儂《わし》は名前をいじられるのが嫌いじゃ。憶《おぼ》えておけ」

「は、はい……」

きょとんとした様子のアウラに、「ふん」と鼻を鳴らし、巫女《みこ》グリグリは澄んだ空色の瞳をシラヌイに向けた。

「結婚にこぎつけたようじゃな。第一関門は突破、といったところかの。でかした」

「は、はい。しかし、結婚の承諾を得ただけで、まだ正式な夫婦になったわけではありません」

「なんでじゃ？　双方の合意があったら、結婚成立じゃろがい」

「祝言《しゅうげん》の儀が、まだです」

「シラヌイ」

カガリに呼ばれて、シラヌイは振り向く。

「それは後回しでいい。とっとと夫婦になっちまいな」

「しかし、それでは里の者たちに事後報告という形になってしまいます」

「それでいいんだよ。先に既成事実を作っちまったほうが、手っ取り早い。フーちゃんも、それでいいね？」

問いを投げられたフロロが、頷《うなず》く。

「異論ない」

「つーわけで、シラヌイ、アウラ。おまえたちは今この時から夫婦だ。おめっとさん」

「おめでとう！　兄様、アウラさん！」

「姉さん、おめでとう」

シラヌイに抱きついていたアウラが、不意に身を離した。

「アウラ殿？」

アウラは両膝、両手、そして額をも床につけた。

「重ね重ね、わたしは魔術の他にはなんの取り柄もない女です。魔術以外は本当にからっきしで、物知らずで、こんなわたしがシラヌイさんの妻になるなんて、とても恐れ多いことです。

でも、それでも、どうかどうか、よろしくお願いします……っ」

「アウラ殿、どうか顔を上げてください」

シラヌイは片膝をついて、アウラの頬を両手で包み、顔を上げさせた。

青い瞳に、鏡のようにシラヌイの顔が映る。

「私も貴女《あなた》と同じです。魔術以外のことは何も知らない。私たちは、いわば赤ん坊のようなものです。しかし、赤ん坊は成長します。知らないことは学んでいけばいい。一つずつ、共に学んでいきましょう」

「シラヌイさん……」

シラヌイとアウラが見つめ合っていると、

「コホンコホン」

巫女《みこ》グリグリのわざとらしい咳払《せきばら》いが、ふたりの間に割って入った。

「イチャつくのは大いに結構じゃが、おぬしらに伝えておくことがある。こっちを向けい」

シラヌイとアウラは巫女《みこ》グリグリに向かって正座し、背筋を伸ばした。

「朱雀《すざく》の頭領シラヌイ、白虎《びゃっこ》の頭領アウラ、おぬしらを賢者に任ずる」

巫女《みこ》グリグリは白く小さな手をかざすようにシラヌイたちに向けて、そう言った。

「賢者！　私とアウラ殿が、ですか？」

「うむ。七曜の賢者の要である日の賢者。その両親となるおぬしらも七曜に数えられる賢者であるという未来が視《み》えたのじゃ。シラヌイ、おぬしが火の賢者で、アウラが水の賢者じゃ」

シラヌイとアウラは、互いに丸く見開いた目で見合った。

「驚くことではあるまい。予言を抜きにしても、おぬしらにはそれだけの実力がある。誇るがよい」

世界の安寧のために貢献しうる実力と人格を有する魔術師に、世界塔から与えられる称号
――賢者。

権力を欲しいと思ったことはない。名声もだ。そんなシラヌイでさえ、賢者という称号に憧れる気持ちはあった。

「ちなみに、拒否権はないからの」

「そ、存じております」

世界塔は国の枠組みを超えた機関だ。大国でさえ、世界塔の意向には逆らえない。

「こちらをお受け取りください」

衣擦《きぬず》れの音すらたてずに立ち上がったリーリエが、シラヌイとアウラに、それぞれ一冊の本を手渡した。

厚みのある表紙に描かれているのは、樹木を模した紋章。

「これは……」

シラヌイは、その紋章を知っていた。

魔術師であれば知らない者はいない。人智《じんち》の彼方《かなた》、神々の世界に聳《そび》えるとされる、生命の大樹。世界樹とも呼ばれるそれを紋章として用いている機関は、一つしかない。世界塔だ。

「悟りの書。賢者の証《あかし》じゃ」

「これが……」

ゴクリ、とシラヌイは喉を鳴らした。

世界塔から賢者に任じられた者に、その証《あかし》として与えられる魔術書であり、魔術の奥義《おうぎ》が記されているという話だが……。

「な、中を見せていただいても?」

「それはおぬしらにくれてやったものじゃ。好きにせい」

シラヌイはアウラと顔を見合わせ、頷《うなず》き合った後、悟りの書を開いた。

パラパラとページをめくり、シラヌイは眉根を寄せた。

ざっと見た限り、記されているのは魔術のごくごく基礎的な技術に関することばかりだった。

本を閉じる。

(これでは、まるで)

魔術の入門書ではないか、と思いかけて、気づく。

「あっ。これって……」

アウラも気づいたらしい。

中身は魔術の入門書だが、特殊なのは、表紙だ。

表紙に描かれた紋章は、魔術を用いて刻印されたものだ。それも、極めて複雑な術式が編み込まれている。

何らかの特異な効果があるわけではないようだが、魔術の心得のある者が見れば、舌を巻かずにはいられないほどに、細やかで、そして美しい術式だ。この術式を再現するのは相当に難しい。偽造防止の手段としては完璧だ。

（なるほど、たしかにこれなら証《あかし》になる）

「あ、あのっ」

悟りの書を胸に抱えたアウラが、小さく手を上げて発言する。

「賢者というのは、具体的に、何をするものなのでしょう……？」

「うむ。立場としては、世界塔所属の魔術師ということになるが、おぬしらの場合、賢者は賢者でも七曜の賢者だからな。儂《わし》の直属として指示に従ってもらうことになるの。とはいえ、指示のない間は自由じゃ。各々《おのおの》の思うままに世界に尽くせ」

世界に尽くせ。

巫女《みこ》グリグリがさらりと言ったその言葉に、シラヌイは身を引き締めた。

「当面、おぬしらへの指示は一つじゃ。せっせと子作りに励むがよい」

巫女《みこ》グリグリは、左手の親指と人差し指で輪を作ると、そこに右手の人差し指をスコスコと通した。

「巫女《みこ》、下品ですよ」

それまで黙っていたリーリエが、囁《ささや》くような声音で苦言を呈した。

「シラヌイさん、あの仕草にはどんな意味が？」

「さ、さて」

見たことのない仕草だが、リーリエが言ったように、品のない仕草なのだろうということはわかった。

「固いことを言うでない。こちとら塔に閉じ込められて退屈な身なのじゃ。新婚夫婦を下ネタでからかう程度の楽しみはあっ――」

言葉の途中で、中空に浮かび上がっていた巫女《みこ》グリグリの姿が、消えた。

「下品はいけません、と申しましたのに」

リーリエが鏡を手に取り、腰帯にしまった。

「よかったのですか？　巫女《みこ》様のお話を途中で切ってしまって」

「問題ありません」

リーリエはベールから覗《のぞ》く形のいい唇に小さな笑みを浮かべて、立ち上がった。

「私はこれで失礼致します。シラヌイ様、アウラ様、どうかお幸せに」

そして、世界塔の使者は去った。今回も、シラヌイが里の入り口まで送りたいと申し出たが、断られた。

「さて、色々と後回しにしちまったわけだが、やることはやってもらわないとな」

カガリが、煙管《きせる》に詰めた煙草《たばこ》に魔術で火を点《つ》けつつ言った。

「やること、というと？」

「決まってるだろう？」

シラヌイの問いに、カガリは赤い髪を掻《か》き上げつつ煙を吸い、吐いて、答えた。

「新婚夫婦の最初のお務め……初夜さ」


初夜。

新婚夫婦が共に過ごす、初めての夜。

アウラとの初夜を、シラヌイはカガリの屋敷《やしき》で迎えることになった。

カガリの屋敷《やしき》は朱雀《すざく》の里で一番大きく、空き部屋も多い。フロロとブランにも、それぞれ別の部屋が割り当てられている。といっても、カガリはフロロと一晩中酒を酌《く》み交わすつもりのようだったが。十年ぶりの再会。積もる話もあるのだろう。

「すみません、アウラ殿。本来なら、私の家にお招きするのが筋なのですが、私の家は、客間を含め、全ての部屋が魔術書で埋め尽くされている状態でして」

「お、お気になさらず。わたしの部屋も同じですから……」

正座で向かい合っているシラヌイとアウラ。アウラの背後には、布団《ふとん》が敷かれている。布団《ふとん》の数は一つ。枕の数は二つ。

膝の上に置かれたアウラの手は、固く握りしめられている。肩にも力が入っているのが見て取れる。緊張しているのだろう。

「き、緊張しますね」

肩に力が入っているのは、シラヌイも同じだった。

「シ、シラヌイさんも緊張されてるのですね」

「そ、それはもう。なにせ、しょ、初夜ですから」

「しょ、初夜ですものね！」

初夜。夫婦となった男女が、初めて夜を共に過ごす。

共に、何をして過ごすのか。ただ寝るだけではない。愛を語り合うだけでもない。

為《な》すべきことがある。それは何か。答えはもちろん、

(子作りだ)

子供を作る。古《いにしえ》より男と女が為《な》してきた、最も原始的な人の営み。新たな生命を現世に導く、深淵《しんえん》にして崇高な行為。

それが、具体的にどういった行為であるかをシラヌイが知ったのは、ほんの半年前のことだ。知ったといっても、あくまでも知識としてであって、実践も体験もしてはいない。

「アウラ殿、つかぬことをお訊《たず》ねするが」

「は、はい」

「男と女が、どうすれば子を生《な》せるか、ご存じでしょうか」

「それは、えっと……男性と女性が結婚して、仲良くしていると、お嫁さんのお腹《なか》に赤ちゃんがやってくる、というふうに認識しています。ま、間違っているでしょうか……？」

自信なさげなアウラの回答に、シラヌイは不安になる。

「仲良くというのは、その、具体的にどういったことだと思われますか？」

「た、たとえば、一緒に魔術の修行をする……とかでしょうか？」

答えたアウラの顔は真剣そのもので、冗談を言っているというふうではなかった。

シラヌイは頭を抱えた。

（なんということだ！　アウラ殿は、子の作り方を知らないというのか！）

「シラヌイさん？　わたしとの修行は、楽しくはないでしょうか……？」

「そ、そのようなことは決して！　アウラ殿との修行は、めくるめく夢のような時間になることでしょう！」

それは、シラヌイの本心だった。アウラと共に修行に励めば、魔術師としてより高みへと至れるだろう。だが、違うのだ。今、為《な》すべきことは子作りなのだ。

（どうしたものか……）

緊張に動揺が加わって、喉がヒリついてきた。

(ひとまず、何か飲み物を……)

視線を巡らせたシラヌイは、布団《ふとん》の枕元に水差しを見つけた。

「失礼」

シラヌイは水差しの中身を、並んで置いてあったグラスに注ぎ、一息に飲み干した。

「げほっ！　こ、これは……」

酒だ。水差しもグラスも飴色《あめいろ》だったから中身が水ではないことに気づけなかった。

(しかも、かなり強い酒だ……！)

喉が焼けるようだ。

シラヌイはカガリを恨んだ。

(長老！　なんて物を、なんてところに置いておくんですか！)

顔も熱くなってきた。

(いや、逆に考えるんだ。酒の力を借りて、勢いをつける……！)

シラヌイはもう一杯、酒を呷《あお》った。

「シラヌイさん？　どうかされましたか？」

「ど、どうもしません。しいて言うならば、貴女《あなた》の美しさに酔っただけです」

いいぞ！　とシラヌイは心の中で声をあげる。

いい具合に、酒で勢いがついている。素面《しらふ》では絶対に言えない台詞《せりふ》だ。

「わ、わたしなんかがそんな……！　恥ずかしいです……」

　アウラが頬を赤らめた。

「恥ずかしがらずに、さあ、その美しい顔を、もっと見せてください」

「そ、そうだ！」

　シラヌイが伸ばした手から逃れるように、アウラが立ち上がった。

「カガリ様から夜着をいただいたんです」

「夜着？」

「はい。それを着たら、シラヌイさんが必ず喜ぶと仰《おつしや》っていました。着替えるので、後ろを向いていてもらえますか？」

「は、はい」

　シラヌイは言われたとおりに後ろを向いた。そして、しばし、背後から衣擦《きぬず》れの音が聞こえてきた。

「あ、あのっ、明かりを消していただけますか？」

　恥ずかしげなアウラの声に、シラヌイはゴクリと喉を鳴らす。

「消しましょう」

　シラヌイは座ったまま、火の精霊に命じて部屋の出入り口と隅に置かれている行灯《あんどん》の火を消した。

薄闇が、客間を支配する。

再び、衣擦《きぬず》れの音が聞こえてきた。

間を持たせるため、酒の勢いを落とさせないために、シラヌイは待ちながら酒を呷《あお》り続けた。

「お待たせしました。こっちを向いてください」

アウラに促されて、シラヌイは彼女のほうへと向き直り——放心した。

薄闇に、アウラの肢体が浮かび上がって見えていた。

細い肩紐《かたひも》に、局部がギリギリ隠れる程度の短すぎる丈。そして、透けて見えるほどの薄さ。

カガリから渡されたという夜着は、肌を隠すという意味では、まったく機能していなかった。

「は、恥ずかしいです……」

アウラはうつむき、内股になった。局部の前で組まれた手も、落ち着きなく親指同士が擦《こす》り合わされている。手がその位置にきていなければ、秘めるべき部分が露《あらわ》になっていただろう。

アウラの声でハッと我に返ったシラヌイは、

(長老！　刺激が強すぎます！)

心の中で、抗議の声をあげた。

「これじゃ、ほとんど裸みたいなものですよね……」

「し、失礼！」

　シラヌイは腕で自分の目許《めもと》を覆って顔を背けた。

「失礼だなんて、そんな。見ていただいてかまいません。お見苦しくなければ、ですが……」

「し、しかし……！」

「見ていただきたいんです。わたしはあなたの妻になったんです。わたしの全部はあなたのものです。わたしの全部を、あなたのものにしてほしいんです」

　シラヌイは恐る恐る腕を下ろした。

「で、では、見ます……！」

　言って、アウラに目を向けようとしたシラヌイだが、見たい、という衝動と、見たら死ぬ、という恐怖心の引っ張り合いで、眼球が動かない。

（見ろ、シラヌイ！　見なければ、子作りできん！）

　意を決し、歯を食いしばって、シラヌイは眼球をアウラに向けた。

　アウラは、窓から差し込む月明かりを纏《まと》って、全てをさらしていた。

　組まれていた手も解《ほど》かれ、広げられ、今や隠されている部分は一つもない。

　顔には恥じらう色はもはやなく、シラヌイに向けられるまなざしは、慈愛に満ちている。

　死んだ。

　情緒と理性が、木《こ》っ端微塵《ぱみじん》に砕けて死んだ。

「シラヌイさん、いっぱい、仲良くしてください」

シラヌイはよろよろと立ち上がり、ふらふらとアウラに歩み寄る。

「ま、任せてください」

全身の血が沸騰し、激しく駆け巡っている。息が荒い。鼻息も荒い。

「ア、アウラ殿」

シラヌイは左右の手をアウラの両の肩に伸ばし、つかんだ。理性が吹っ飛んでいるせいで思いがけず強くつかんでしまったが、アウラは痛がる素振りも嫌がる素振りもみせず、自らシラヌイの胸に身を寄せてきた。

「殿、はいりません。どうか、アウラ、と」

「ア、アウラっ！」

シラヌイはアウラを布団《ふとん》に押し倒した。

アウラは驚いた顔をしたが、すぐにその表情を微笑《ほほえ》みに変えた。

細く白い腕が、手が、シラヌイの頭をそっと包み込む。

（これから、どうするんだ!?）

子作りの、知識はある。理論は知っている。

知っているはずなのに、頭が回らない。頭は回らないのに、目は回っている。冷たい汗が噴き出してきた。

（い、いかん！）

極度の興奮と緊張。そして、酒。

シラヌイは思い出す。自分が酒に弱かったことを。

「うぶっ」

込み上げてきた吐き気に口を押さえたシラヌイは、部屋の隅にあった花が生けられていない花瓶へと転がるように走った。

花瓶に顔を突っ込み、そして、

「おええええええええええっ！」

「シラヌイさん⁉　大丈夫ですかっ？」

大丈夫ではなかった。

気持ち悪さと情けなさに、涙が出てきた。

「す、すみません。水と思って飲んだものが強い酒で、悪酔いしてしまいました……っ」

「まあ、大変！」

傍《かたわ》らにやってきたアウラが、背中をさすってくれる。本気で心配してくれているのが、その手から伝わってくる。

彼女の優しさに、さらに涙が出た。

白い朝陽《あさひ》を瞼《まぶた》に受けて、シラヌイは目を開けた。

窓の外から鳥の声がする。

「朝、か……」

ぼうっと天井を眺めながら、昨夜《ゆうべ》の出来事を思い返す。

強い酒にやられたが、記憶は飛んでいない。初夜に失敗した忌《い》まわしい記憶は、鮮明に残っている。

あの後、アウラは水を持ってきてくれたり、汗を拭ってくれたりと、かいがいしく介抱してくれた。吐いた花瓶も洗ってくれた。

一方のシラヌイはといえば、ひとしきり吐いた後は、布団《ふとん》に横たわっていただけだ。何もできず、自分の情けなさに打ち拉《ひし》がれながら眠りに落ちてしまったらしい。

シラヌイは横を見た。アウラの寝顔がそこにあった。

初夜の失敗で傷ついたのは、シラヌイだけではない。肌をさらして夫に吐かれたアウラのほうが、よほど深く傷ついたはずだ。それなのに、アウラはそんな内心をおくびにも出さなかった。

「もう、失敗はしない」

シラヌイは、アウラの顔の前にあった彼女の手に触れ、軽く握った。

すると、アウラの手が、シラヌイの手を軽く握り返してきた。

目は閉じたままで、

「アウラ？」
小さく呼びかけてみても、返ってきたのは規則正しい寝息だけだ。
（未来というのは、わからないものだ）
十年来の宿敵と、今はこうして床を同じくして、手を握り合っている。
シラヌイは目を閉じる。眠るためではなく、想像するために。
アウラとの間に生まれてくる、自分の子供の顔を、想像してみる。
（……思い浮かばない）
子供の顔も、父親になった自分の姿も、まったく想像できなかった。
アウラが妻になってくれたが、どうにもまだ実感がない。
それでも、シラヌイは確信している。
（アウラ。貴女《あなた》となら、どんな未来でも紡《つむ》いでいける）
来る大災厄から、必ず、世界を救ってみせる。
自分と、アウラと、そして子供と。
そのために。
「私は必ず、貴女《あなた》と最高の子作りをしてみせる！」
シラヌイは、心に固く誓うのだった。

第二話

目を閉じ、胸の前で手を合わせる。深く息を吐きながら、魔力を練り上げる。

(火の精霊よ)

心の声での呼びかけに応えて、シラヌイの周囲に火の粉が舞った。

シラヌイはゆっくりと目を開く。緋色《ひいろ》の瞳――緋眼《ひがん》が赤みを増し、背後で炎が生じた。

「朱雀《すざく》召喚」

炎は逆巻き、膨れ上がって、巨鳥の姿形を成した。

火の上位精霊――朱雀《すざく》だ。

朱雀《すざく》は翼をたたんで、頭をシラヌイに差し出すように下げた。

シラヌイは朱雀《すざく》の頭を撫《な》でつつ、隣を見た。

「よっと」

妹のヒバリが、荷袋を肩に掛けて軽く地面を蹴り、朱雀《すざく》の背に飛び乗った。

シラヌイは頷《うなず》いて振り返り、集まった朱雀《すざく》の民たちを見回した。

「頭領、しっかり子作りしてきてくださいよ!」

「奥さんには、優しくするのよ!」

「子作りのコツが知りたかったら、教えるぜ、頭領！」

「ヒバリちゃん、頭領のこと、お願いね！」

集まった朱雀《すざく》の民の数は、二十名ほど。彼らの目的は見送りだ。

シラヌイとアウラが夫婦となった夜から、十日。

シラヌイが決闘に勝利し、アウラを妻としたことは、既に朱雀《すざく》の民の知るところとなっていた。

民はシラヌイの勝利を喜び、アウラとの結婚も概《おおむ》ね好意的に受け止めた。異を唱える者もまったくいないわけではなかったが、覚悟していたよりも、反発は少なかった。

もちろん、それはシラヌイとアウラが子を生《な》さなければ世界が滅ぶ、という、結婚を受け入れざるを得ない理由があるからだが、先々代の時分から民の血が流れていないというのも大きいとシラヌイは考えている。白虎《びゃっこ》の民を直接的に憎んでいる朱雀《すざく》の民は、ほとんどいない。

「では、行ってくる。皆、留守を頼む」

民に軽く手を振って、シラヌイは朱雀《すざく》の背に乗った。

シラヌイが前で、ヒバリが後ろだ。

「飛ぶぞ。しっかり摑《つか》まれ」

「だいじょーぶ。あたしだって、朱雀《すざく》には乗り慣れてるんだから」

軽口を叩《たた》きつつも、ヒバリはシラヌイの腰にしっかりと手を回し、身体《からだ》を密着させてきた。

（舞え、朱雀《すざく》）

念じる。応えて、朱雀《すざく》は翼を広げ、舞い上がった。

全身で風を受けつつ、故郷を見下ろす。

朱雀《すざく》の里は、山麓の集落だ。

里の南側に聳《そび》える山は四季を通じて実りを与えてくれる。水源にも恵まれている。広くはないが、美しく、豊かな土地だ。

白虎《びゃっこ》の民がこの土地への帰還にこだわるのも当然だ、とシラヌイは思う。

「兄様！　白虎《びゃっこ》の里って、どんな所なんだろうね」

ヒバリが、風音に負けないよう声を張って話しかけてきた。

「寒い土地だと聞いてはいるが」

シラヌイが白虎《びゃっこ》の里について知っていることは多くなかった。

「我々は、白虎《びゃっこ》の里のことを深く知らなければならない」

シラヌイがヒバリを伴い向かっている先は、白虎《びゃっこ》の里だった。

目的は、視察だ。

ヒバリが笑った。

「兄様、カッコつけてるけど、本当はアウラさんに会えるのが嬉《うれ》しいんでしょ」

「ぐっ」

シラヌイとアウラが正式に夫婦となったその翌日に、アウラは白虎《びゃっこ》の里に帰っていった。弟で副頭《ふくとう》のブラン、長老のフロロと一緒に。

白虎《びゃっこ》の民に、決闘の敗北と、シラヌイとアウラの結婚を報告するために。

「べ、別に思っていない」

「嬉《うれ》しいって思っていいんだよ。ううん、思わなきゃダメ。十日ぶりに奥さんに会えるんだから。アウラさんに会ったら、会えて嬉《うれ》しいって、ちゃんと言葉にして伝えるんだよ？」

「は、はい」

アウラに会いたい。もちろん、シラヌイはそう思っていた。

初夜での失敗を、どうにか早く取り返したい。

極薄の夜着に身を包んだアウラの姿を思い出すと、血が沸騰しそうになる。あの美しく艶《なま》めかしい肢体を抱きしめないまま気を失ってしまったのは、男として一生の不覚だ。

だが、そうした思いとは別に、アウラに、ただただ会いたいと思う。

(会いたいな、早く)

シラヌイの思考に応えて、朱雀《すざく》が速度を上げた。

「わっ」

突然の加速に、ヒバリが驚きの声を発した。

白虎《びゃっこ》の里までは山を二つ越えなければならない。山道は険しく、徒歩では軽く五日はかかるが、朱雀《すざく》なら半日とかからない。

二つの山を越えた先に、雪化粧を施された三つ目の山が見えてきた。白虎《びゃっこ》の里はその麓にある。

シラヌイは朱雀《すざく》の高度を下げ、里外れの湖のほとりに着地させた。

火の上位精霊たる巨鳥は、シラヌイとヒバリを降ろすと、その身を火の粉に変えて消えた。

シラヌイは白い息を一つ吐いて、空を見上げる。

晴れてはいるが、小雪がちらついている。真冬のように、とまではいかないものの、空気が冷たい。

「話には聞いてたけど、白虎《びゃっこ》の里って寒いんだねー」

ヒバリが肩を抱いてぶるっと身震いした。

「氷の精霊の力が強く働いている土地らしいからな」

暦でいえば、今は初夏だ。初夏でも雪が舞うような気候ということは、真冬ともなると相当に厳しい寒さになるのだろうということは想像に難《かた》くなかった。

シラヌイとヒバリはそれぞれ用意していた上着を纏《まと》って、白虎《びゃっこ》の里へ向かった。

「シラヌイさん！　ヒバリさんも！」

里の入り口では、アウラが出迎えてくれた。

「アウラ！」

「シラヌイさんっ！」

駆け寄ってきたアウラが、そのままシラヌイの胸に飛び込んできた。

「えっと、その……」

言うべき言葉は無数にあるはずなのに、アウラの顔を見たとたん、頭から言葉が飛んでしまった。そんなシラヌイの腰を、ヒバリが肘で突いた。

「あ、会えて嬉《うれ》しい、です。アウラ」

「わたしもです！」

アウラの声は本当に嬉《うれ》しそうだった。

「兄様の魔力を感知して、待っていてくれたんですか？」

「いいえ。シラヌイさんとヒバリさんが今日くることはわかっていましたから、朝からずっと待っていました」

「朝から!?　寒くなかったんですか？」

アウラはちらつく小雪を見て、目を細めた。

「今日はこれでも暖かいほうなんですよ。それにわたしは氷眼《ひょうがん》持ちですから」

「あっ、でしたね」

緋眼《ひがん》を持つシラヌイが火で焼かれることがないように、氷眼《ひょうがん》持ちのアウラは如何《いか》なる寒さでも凍えることはない。

「白虎《びゃっこ》の里を案内します。ついてきてください」

アウラに導かれて、シラヌイとヒバリは、白虎《びゃっこ》の里へと足を踏み入れた。

里の入り口には、白虎《びゃっこ》の民が集まっていた。待ち構えていた、というべきか。

ただでさえ冷たい空気が、さらに剣呑《けんのん》な気配を帯びた。

シラヌイは白虎《びゃっこ》の民を静かに見回す。

肌の色は白い者が多い。髪の色は灰色か白で、アウラと同じ黒髪の者は、少なくともこの場にはいない。

「やはり、歓迎はされないか」

わかってはいたことだが、シラヌイに向けられる白虎《びゃっこ》の男たちの視線には敵意が宿っている。

「でも、女の人たちは興味津々《きょうみしんしん》って感じだよ？」

ヒバリが小声で言った。

「うむ……」

たしかに、女たちから向けられるまなざしは、好奇のそれだ。

「あれが頭領の旦那さん？」「けっこうな男前じゃない」「でも、生真面目で面白くなさそう」

「朱雀《すざく》の男の人って、アレも激しいのかしら」

そんなヒソヒソ話が、耳を澄ませなくても聞こえてきた。

「うっ。好き勝手言われているな」

「女の人たちにとっては格好の噂《うわさ》話の種だもん。我慢我慢」

シラヌイの小声に、ヒバリが小声で返してきた。

「そうだな……」

居たたまれないが、敵愾心《てきがいしん》を向けられるよりはいい。

(問題は、男たちのほうだな)

下手に視線を合わせて刺激しないよう、男たちの様子を窺《うかが》う。

「朱雀《すざく》が何様だってんだ」「許せねぇ」「決闘に勝ったからって、調子に乗るんじゃねぇよ」

「ぶっ殺してやりてぇ」

それは、当然の反応だった。怨敵である朱雀《すざく》の頭領に、男たちが好意的であるはずがない。

しかし。

「羨ましい……」「よくも俺たちの頭領を……！」「アウラ様と子作りしやがったんだよな、あの野郎」「あの巨乳を、あの尻を、好き放題しやがったのか……っ！」「俺の女房《にょうぼう》と交換してくれよぉ」「ちくしょうちくしょう！　俺もアウラ様と子作りしたかった……」「羨ましすぎて気持ち悪くなってきた……」

ん？　とシラヌイは眉間に皺《しわ》を寄せた。

男たちから敵愾心《てきがいしん》を向けられている。それは間違いない。間違いないのだが、シラヌイの想定とは些《いささ》か違っていた。

「……もしかして、私は妬まれているのか？」

「もしかしなくても、おもいっきり妬まれてるよ。だって、アウラさん、ものすごい美人だもん。男の人たちからしたら、やっぱり面白くないんじゃない？」

「そうなるのか……」

「アウラさん、自分と結婚したがる男の人なんていないって言ってたけど、全然そんなことないよねぇ」

「そのようだな……」

「嬉《うれ》しい？」

「なにがだ」

「男の人たちが妬むぐらいの美人をお嫁さんにしたんだよ？　優越感あるでしょ？」

「そんなものはない。彼らには申し訳なく思う」

彼らからすれば、憧れの頭領が決闘に敗れた上に、怨敵の妻にされてしまったのだから、二重の意味で腹立たしいことだろう。

石を投げつけられないだけマシだ、と思ったその時、背後から刺すような視線を感じて、シラヌイは振り向いた。

人だかりの中から、何かが飛んできた。

ひゅん！　と鋭く空を切って飛来したそれを、シラヌイは人差し指一本で受け止めた。

氷の礫《つぶて》だ。

シラヌイの指に触れるや、それは瞬時に蒸発した。

「シラヌイさんっ！」

シラヌイに半瞬遅れてアウラが、

「えっ？　兄様⁉」

アウラから一瞬遅れてヒバリが、事態に気づいて声をあげた。

「大丈夫。小石が飛んできただけです」

本当は小石ではなく氷の礫《つぶて》だった。団栗《どんぐり》程度の大きさしかなかったが、矢のような速さだった。先も尖《とが》っていた。当たっていたら怪我《けが》ではすまなかった。

「誰かが悪戯《いたずら》で投げたのでしょう」

「いえ、氷の精霊に干渉する魔力を、ほんの一瞬ですが感じました。誰かの魔術です」

事を荒立てたくなかったシラヌイは嘘《うそ》をついたが、アウラにはお見通しだった。

「すみません。里のみんなには事情を説明して、わかってもらえたと思っていたのですが、シラヌイさんを良く思わない人もいるみたいで……」

「当然です。こればかりは時間がかかるでしょう」

シラヌイがアウラの肩に手を置こうとしたその時、

「姉さん！」

人だかりを掻《か》き分けて、青年がシラヌイたちの前にやってきた。アウラの弟、ブランだ。

「ブラン！　どこに行っていたの。一緒にシラヌイさんたちをお迎えしようって言ったのに」

「ごめん、姉さん。準備に手間取っちゃって」

「準備？」

「歓迎の準備さ」

アウラにそう答えたブランは、シラヌイに目を向け、綺麗《きれい》な顔に微笑《ほほえ》みを浮かべた。

「シラヌイ様、ようこそ白虎《びゃっこ》の里へ」

「ブラン殿」

「殿は不要です。義理とはいえ、僕はあなたの弟になったんですから」

「では、ブラン。私のことも呼び捨てにしてほしい」

ブランは片手を胸に添えつつ一礼した。

「僕のような若造に気を遣っていただいて、ありがとうございます。シ、シ、シラヌイ様」

表情は柔和。口調は慇懃《いんぎん》。しかし、内心ではシラヌイを嫌っていることを、ブランは隠そうともしない。

彼は白虎《びゃっこ》の副頭だ。朱雀《すざく》の頭領であるシラヌイを、安易に受け入れられないのは当然だった。

「ヒバリさんも、ようこそ」

「よろしくね、ブランくん」

ブランとヒバリ。副頭同士が、笑みと挨拶を交わす。

「……くん？」

「馴《な》れ馴《な》れしかったかな？」

「とんでもない。僕たちは年も近いし立場も同じだから、ヒバリさんとは親しくしたいと思っているんだ」

「うーん……」

ヒバリは人差し指を頬に添え、首を浅く傾けた。

「あたしとブランくんの立場は、同じじゃないと思うよ？」

「えっ？」

「だって、決闘で勝ったのは兄様なんだから。あたしは勝った側で、ブランくんは負けた側。対等じゃないんだから、その辺はわきまえてほしいな」

「……っ」

ヒバリのその言葉に、ブランの顔色が変わった。笑みは浮かべたままだが、口の端《は》はひきつり、こめかみも震えている。

「ヒバリ！　なんてことを言うんだ」

「もちろん、冗談だよっ」

ヒバリはぺろりと舌を出し、自らの頭を拳で小突いてみせた。

「本気にしないでね、ブランくん。仲良くしてもらえたら嬉《うれ》しいな！」

「は、はは。冗談。冗談かぁ。ヒバリさんは面白い人だなぁ」

シラヌイは眉間を押さえた。

ヒバリはシラヌイと同じように、朱雀《すざく》の民と白虎《びゃっこ》の民の融和を望んでいる。そのヒバリが、ブランに対して煽《あお》るような言葉を口にしたのは、シラヌイへの敵意を隠さないブランへの牽制《けんせい》──と見せかけて、実際には、ブランの態度が気に食わないから一発かましてやった、といったところだろう。

明るく人懐《ひとなつ》っこい性格のヒバリだが、それだけではない。火の魔術を得手とする朱雀《すざく》の副頭らしい気性の激しさもしっかり持ち合わせている。

「ブランとヒバリさん、早速、打ち解けてくれたみたいですね」

「そ、そうですね……」

ニコニコ顔のアウラに、シラヌイは乾いた笑いを返す。

「そうだ！　あたしはブランくんに里を案内してもらうから、兄様はアウラさんに案内してもらいなよ」

「どうした？　急に」

ヒバリは爪先立ちして、シラヌイに耳打ちした。

「アウラさんとふたりっきりにしてあげるって言ってるの」

「む……」

ヒバリはシラヌイに片目をつむってみせると、跳ねるような足取りでブランに近づき、彼の手を取った。

「な、何を……」

いきなり手を握られたブランは狼狽《うろた》えたが、ヒバリはおかまいなしで、

「というわけで、ブランくん！　案内よろしくねっ」

ブランの手を引いて、行ってしまった。

「勝手な奴《やつ》だな……」

シラヌイは渋面で後頭部を掻《か》いた。

(彼とふたりにするのは、正直、不安だが……)

先程の氷の礫《つぶて》。あれを撃ってきたのは、ブランかもしれないのだ。礫《つぶて》が飛んできた方向はブランがやってきた方向とは違っていたが、あれは魔術による攻撃だ。術者からある程度離れた位置に魔術を発生させることは、難しいことではない。

だが、ヒバリなら、仮にブランに害意があったとしても上手《うま》くあしらえるだろうという信頼もある。

（まあ、問題はあるまい）

自分を納得させて、シラヌイはアウラに手を差し出した。

「愚妹は気《き》を利かせたつもりのようです。ふたりになってしまいましたが、案内をお願いできますか？」

「はいっ。喜んで」

アウラは花のように微笑《ほほえ》んで、シラヌイの手を両手で包んだ。

アウラに案内されて白虎《びやっこ》の里を一通り見て回った。

この土地に暮らす白虎《びやっこ》の民の数は、現在、アウラを含めて七十一人。シラヌイが抱えている朱雀《すざく》の民は百三十三人なので、人口で比較するとおよそ半分ということになる。

土地の広さでいえば、白虎《びやっこ》の里と朱雀《すざく》の里はそう変わらない。にもかかわらず人口に開きがあるのは、土地の生きやすさの違いだろう。

白虎《びやっこ》の里はお世辞にも豊かな土地とはいえない。白虎《びやっこ》の人々は主に農業と狩猟で糧《かて》を得ているが、寒さが厳しくなる冬には、飢えと寒さで命を落とす者も少なくなかったという。

これは、温暖で土地が豊かな朱雀《すざく》の里にはない問題だ。

白虎《びやっこ》の民が故郷への帰還を切望していたのは、望郷の念によるものだけではなかったということだ。

アウラは言った。

「たしかに、以前は冬に命を落とす民もいました。でもでも、わたしが頭領になってからの十年は、一人も亡《な》くなっていないんですよ」

冬には氷の精霊の力が特に強くなるが、アウラが白虎《びやっこ》の里と、その周辺の土地の氷の精霊に干渉し、力を抑えることで、寒さを緩和しているのだという。

その話に、シラヌイは舌を巻いた。氷眼《ひょうがん》を持つアウラにしかできない荒業だが、氷眼《ひょうがん》があればできるというものではないだろう。アウラの魔術師としての技量の高さを、改めて思い知らされた。

一通り里を見て回った後、シラヌイはアウラの家へと案内された。

「こ、これでも片付けはしたんです。一応……」

アウラの家は一階に三部屋、地下室を加えて合計四部屋あったが、いずれの部屋も魔術関係の書物で埋め尽くされていた。

「わかります。こうなりますよね」

シラヌイが驚きも呆《あき》れもしなかったのは、シラヌイの家も全く同じ状態だからだ。

しかし、酷さの度合いでいうなら、アウラの家のほうがより酷《ひど》いように見えた。

「炊事場も書物で埋まっているようですが、アウラはどこで食事を？」

「食事は、隣の、ブランの家でとっています。えっと、その……」

アウラは恥ずかしげにうつむいて言った。

「わたしは家事の類いが苦手で、料理も弟に任せっきりで……」

「私も同じです。家事の一切は妹頼みでしたから……」

アウラはブランと住居を分けているようだが、シラヌイはヒバリと同居していた。炊事場にまで本が積まれていないのは、ヒバリのおかげだ。

「私たちが一緒に暮らすようになったら、大量の本をどうするか考えないといけませんね」

「ですね……」

本を処分するという選択肢は、シラヌイにはない。アウラもそれは同じだろう。

一体、何室の書庫が必要になるか……。

それ以前に、ふたりが一緒に暮らす家は、どこになるのか。いつから一緒に暮らせるのか。

具体的なことは何も決まっていなかった。

「あ、あの、シラヌイさんは、今晩は、ここに泊まっていかれるんですよね……？」

「特に決めていませんでしたが、そうさせていただけるのでしたら」

アウラとふたりっきりで夜を過ごせるのであれば、それは子作りの好機《チャンス》だ。

「ヒバリには、どこか別の宿を」

「それでしたら、叔母様に部屋を貸してもらえるようお願いしてみます」

「助かります」

「でも、いいんですか？　ヒバリさんも、うちに泊まっていただいて……」

アウラは言いながら部屋を見回し、

「……す、すごく狭いかもしれませんが……」

言葉尻を弱めた。

足の踏み場もないほど本だらけのこの家で、唯一、本が積まれていない場所が、寝室のベッド周りだった。だが、ベッドは一つしかなく、布団《ふとん》を追加で敷けるだけのスペースもない。

「……やっぱり、ヒバリさんには、叔母様の家に泊まっていただいたほうがいいですね……」

アウラはがっくりと項垂《うなだ》れた。

「片付けられない女ですみません……」

「おかげで夫婦水入らずの夜を過ごせるのですから、私にとっては僥倖《ぎょうこう》です」

シラヌイはアウラの頬に触れ、うつむいていた顔を、そっと上げさせた。

「シラヌイさん……」

アウラの頬が、熱く、赤くなっていく。

「アウラ……」

シラヌイが顔を近づけると、アウラは目を閉じた。

（よし、このまま……！）

口づけでアウラをその気にさせる。抱きかかえてベッドまで運び、子作りに至る。

今はまだ夜ではないが、昼に子作りに励んではならないという理《ことわり》はないはず。

互いの吐息が鼻先にかかる距離にまで顔が近づいたところで、シラヌイは重大な事実に気づく。

(そもそも、私はアウラと口づけをしたことがなかった……!)

その事実に気づいたとたん、緊張で全身が強張《こわば》った。

それ以上、顔を近づけられない。アウラの唇は、吸い寄せられずにはいられないほどの魅力を放っているというのに。

「……!」

不意に、家の外に人の気配を感じて、シラヌイは目線だけを動かした。同時に、アウラも閉じていた目を開けた。

ドンドンドン! 激しく扉を叩《たた》く音がした。

「頭領、大変だ!」

男の緊迫した声。

「この声は、ヘイグさん?」

アウラは積まれた本の隙間をぬって玄関まで歩き、扉を開けた。

訪ねてきたのは、三十路《みそじ》手前といった年頃の男だ。

「何かありましたか? ヘイグさん」

「フェンリルです！　湖に、フェンリルが出たんです！」

「フェンリルが？」

フェンリルは魔獣の名称だ。

「この辺りに、フェンリルが出るのですか？」

シラヌイの問いに、アウラは微妙な表情をみせた。

「はい。フェンリルは氷の精霊の力が強い場所を住処《すみか》にする魔獣ですから、里の付近に現れることもあります。ですが、初夏のこの時期というのは初めてじゃないかしら……」

シラヌイの知識でも、フェンリルは寒冷地……それも、極寒の地に棲息《せいそく》する魔獣だ。

「里に入ってきたら大事だ！　頭領の力で追い払ってくださいよ！」

「私が行きましょう」

シラヌイは片手を上げ、言った。

「フェンリルは氷の魔獣。私の火の魔術が有効でしょう」

「いえ」

アウラは小さく首を横に振った。

「白虎《びゃっこ》の里を守るのは、わたしの役目ですから」

そう言ったアウラは、紛れもなく頭領の目をしていた。民の生命と平穏に責任を持つ者の目だ。

シラヌイは、ただ頷《うなず》くしかなかった。

ここでシラヌイがフェンリルを退治すれば、白虎《びゃっこ》の民から信頼を得るための、いい点数稼ぎになるかもしれないと考えたが、シラヌイがアウラの立場なら、同じ返答をしただろう。

「シラヌイさんは、ここで待っていてください。すぐに戻ります」

シラヌイとしてはせめて同行したかったが、アウラはヘイグを伴い、行ってしまった。

アウラの身の心配はしていない。フェンリルは危険な魔獣だが、アウラにとっては子犬も同然だろう。

「さて、私はどうしたものか」

もう少し、白虎《びゃっこ》の里を見て回りたいが、朱雀《すざく》の頭領が一人で歩き回るのは障《さわ》りがあるだろう。

幸い、ここには大量の魔術書がある。それを見せてもらってアウラの帰りを待とうか、と考えていたシラヌイは、扉の外に人の気配を感じた。

アウラではない。ヘイグという男でもない。この気配は。

シラヌイは扉を開けた。

その人物は、扉から些《いささ》か離れたところに立っていた。まるで、シラヌイが気配を察知して出てくることがわかっていたかのように。

「ブラン」

その人物――ブランは、シラヌイに名前を呼ばれると薄く笑った。

「シラヌイ様に紹介したい、白虎《びゃっこ》の里の名所があるんです。ご一緒願えませんか？」

「ヒバリの姿が見当たらないようだが」

ブランは一人。彼に白虎《びゃっこ》の里を案内してもらっているはずのヒバリがいない。

「ヒバリさんには、先に名所でくつろいでもらっています。僕についてきていただければ、会えますよ。ちゃんとね」

シラヌイの返答を待たず、ブランは踵《きびす》を返した。シラヌイに選択肢などないと言わんばかりに。

「わかった。案内をお願いしよう」

歩き出したブランに、シラヌイはついていく。

「アウラの所在を訊《たず》ねないのか？」

前を歩くブランの背中に、シラヌイは問いを投げた。

「そういえば姉の姿がありませんね。どこに行ったんです？」

顔だけを振り向かせて答えたブランの口ぶりに、シラヌイは眉根を寄せる。

「湖の近くにフェンリルが現れたという報告を受けて、対処に向かっている」

「フェンリルですか。この時期に珍しいですね。まあ、姉さんなら問題ないでしょう」

ブランは驚きもしない。

「シラヌイさんは、どうか安心して名所を楽しんでください」

ブランに先導されて、シラヌイは里外れの森に入った。

「この奥ですよ」

ふと、一本の木が目に入った。幹に、紙がナイフで貼り付けられている。

紙には何かしらの文字が書かれていたが、角度的に読み取ることはできなかった。

その木を境に、さらに森の奥に足を踏み入れたところで、嫌な気配がした。

「もう、すぐそこですよ」

ほどなくして、開けた場所に出た。

そして、そこには複数の人の姿があった。待ち構えていた、というべきか。

男が五人。髪の色と装束から白虎《びゃっこ》の民であるとわかる。一目でわかったことはもう一つ。

全員が、それなりの手練《てだ》れということだ。身体《からだ》つきと目つき、何より練られた魔力が物語っている。

そして、男たちとは別に、もう一人少女がいた。――ヒバリだ。

ヒバリは、男たちの中で一番の巨漢に、後ろ手で捕らえられていた。

「んー！　んーっ！」

ヒバリが叫ぶような声を発したが、口は布で塞がれており、言葉にはならなかった。

「なるほど」

と、シラヌイは呟《つぶや》いた。

「あれ？　驚かないんですか？」

振り返ったブランが小首を傾《かし》げた。

「想定していた事態だ。驚きはない」

「まあ、そうですよね。あなたは姉さんの宿敵だった人だ。愚鈍では困る」

ブランは事もなげに言った。

「あの、ヘイグという男もグルか」

「もちろん」

フェンリルが出た、と報《しら》せにきた男は、焦《あせ》った様子の割に息も切らさず汗の一つもかいてはいなかった。湖から走ってきたわけではなかった。つまり、あれはアウラをシラヌイから引き離すための嘘《うそ》だったということだ。

ブランがアウラの所在を訊《たず》ねてこなかったのも、アウラがフェンリルの対処に向かっていると知っていたからだ。

「私がアウラについて行くとは考えなかったのか」

「姉はああ見えて責任感の強い人ですから。一人で行くと思っていましたよ。実際にそうなった。でしょう？」

姉さんのことは僕が誰よりもわかっているんだ、とでも言いたげな口振りだった。

「ここに来る途中、木に紙が貼ってあるのを見た。あれは呪紙だな？」

「気づきましたか。目立たないように貼ったつもりだったんですけどね」

「呪紙の効果は、火の精霊の力を弱めるものか」

ブランは軽く目を瞠《みは》り、

「そこまでお見通しとは！　僕は少しあなたを侮《あなど》っていたみたいですね」

ぱちぱちと拍手した。

「仰《おつしや》るとおり、火の精霊の力を弱める呪紙を、森の数箇所に貼っています。元々、氷の精霊の力が強く、相反する火の精霊の力は弱い土地ですから、さしものあなたも思うように魔術が使えないはずですよ」

「そうなるだろうな」

シラヌイは片手の人差し指を立て、その先に火を点《とも》そうとしたが、火は点《つ》かなかった。

火の精霊が、呼びかけに応えてくれない。まったく反応がないわけではないが、極めて弱い。

ヒバリが捕らわれたのも、一応は合点《がてん》がいく。

シラヌイの反応に、ブランは笑みを消し、不快げに目許《めもと》を歪《ゆが》めた。

「余裕ですね。状況が理解できていないわけでもないでしょうに」

「概《おおむ》ね理解してはいるつもりだが、一応、要求を聞かせてもらおうか」

「ベン、リーフ、ノルド、ラウム」

ブランの呼びかけに応えて、五人の男たちのうち、ヒバリを捕らえている巨漢以外の四人が、身構えた。

「あなたには彼ら四人と戦ってもらいます」

「何のために？」

「稽古をつけていただく……という名目でどうでしょうか？」

「頭領の屈辱を思い知れ！」

男の一人――濃い灰色の髪を逆立てた青年が、叫んだ。

「宿敵に負けた上に妻にされたんだ！　これ以上の屈辱があるか！」

細身だが背高の男が、続けて叫んだ。

「俺たちの頭領が負けるはずがない！　どんな卑怯《ひきょう》な手を使ったんだ!?　この赤目野郎！」

シラヌイは男たちを見回し、頷《うなず》く。

「わかった。応じよう」

彼らの怒りはもっともだし、こういった事態は当然起こりうるものと予想も覚悟もしていた。

「だ、そうだ。おまえたち、存分に稽古をつけてもらえ」

言って、ブランは一歩下がった。代わるように、四人が前に出た。

ぴょう、と冷たい風が吹き抜けた。

それが合図であったかのように、男たちが動いた。

二人がシラヌイの右手に、残る二人が左手側に走る。

迷いのない動き。

「「「氷の精霊よ、我が呼び声に応えよ！」」」

男たちの声が重なる。

「冷たき矢となり、敵を貫け！　凍矢《フリーズ・アロー》！」

始動は同時でも、術の発動に至る時間には差があった。

最初に術を発動させたのは、右手に回った糸のように目の細い男だった。

男が突き出した掌《てのひら》の前に浮かび上がった三本の氷の矢が、シラヌイに向かって撃ち出される。

「槍《やり》よ！　極寒を纏《まと》いて奔《はし》れ！　彼方《かなた》に突き立て！　氷槍《アイシクル・ランス》！」

一瞬遅れて、左手に回った背高の男の術が完成した。掲げた手の上に生じた氷の槍《やり》をつかみ、投げつける。

さらに一瞬遅れて、灰色の髪の青年が凍矢《フリーズ・アロー》を右手側から、最後に小太りの男が、背高の男の後ろから、冷凍球《コールド・ボール》を放ってきた。

（遅いな）

挟み撃ちではあるが、攻撃のタイミングにバラつきがある。無論、避けにくくするためにあえて攻撃のタイミングをずらすというのは定石ではあるが、彼らの場合は違う。ただ、練度の差で揃《そろ》っていないだけだ。

迫る氷の矢を、槍《やり》を、冷気の塊を、シラヌイは難なくかわし、最初に術を発動させた、糸目の男に肉薄する。

「な……！」

目を見開いた糸目の男の鳩尾《みぞおち》に、シラヌイは拳を突き入れた。

強打はしない。小突く程度に当てただけだが、シラヌイの魔力が男の魔力に干渉し、衝撃を増幅させることで、脳を揺らした。

目を見開いたまま、男はがっくりと両膝をつき、そのまま倒れた。

「やられた⁉」

「ベン！」

「ちくしょう！」

「嘘《うそ》だろっ！」

残った三人とヒバリを捕まえている巨漢が、驚愕《きょうがく》の声をあげた。

術を編む速度と魔力の練り上げ具合で、魔術師の技量は概《おおむ》ね推し量れる。

糸目の男——ベンは、四人の中で一番速く術を編み、魔力もよく練られていた。ブランを除けば、この場にいる白虎《びゃっこ》の男たちの内で一番の実力者は彼だった、ということだ。

そのベンを、真っ先に倒した。多対一の戦いに於《お》いて、相手方で一番の強者を最初に倒すのは、戦意を挫《くじ》く最も有効な戦術だ。

「まだ、続けるか？」

シラヌイは男たちを見回し、低い声を出した。

背高の男と小太りの男は怯《ひる》んで後ずさりしたが、灰色の髪を逆立てた青年は歯を食いしばりつつ前に出てきた。

「白虎《びゃっこ》の男をなめるなよ！　俺たちの頭領は、返してもらう！」

青年が魔力を昂《たか》ぶらせる。

「いい魔力だ。だが――」

シラヌイは浅い呼気とともに土を蹴った。

「氷の精れ――」

青年が呪文の詠唱を始めた時、シラヌイの姿は彼の背後にあった。

「遅い」

シラヌイは手刀で青年の首筋を軽く叩《たた》いた。

「――い……？」

青年は何が起きたのかもわからないまま、意識を絶たれてバタリと倒れた。

白目を剥《む》いている青年を、シラヌイは静かに見下ろす。

魔力の強さはなかなかだが、練る速度がまだ遅い。魔力を練る速度は、術を編む速度に直結する。

「ラウムまで……」

「これが、朱雀《すざく》の頭領の実力……」

背高の男と小太りの男は声を震わせつつも顔を見合わせ、

「覚悟を決めろよ、リーフ」

「あ、ああ！　俺だって白虎《びゃっこ》の男だ！」

構えた。

「氷の精霊よ、我が呼び声に応えよ」

背高の男――ノルドが呪文の詠唱に入る。同時に、小太りの男――リーフが、シラヌイに向かってきた。

ノルドが術を編む時間を、リーフが肉弾戦で稼ぐつもりだ。

(悪くない判断だ)

体格に似合わず、リーフは素速い。シラヌイとの距離を瞬《またた》く間に詰め、拳を唸《うな》らせる。

「俺だって！　俺だって俺だって俺だってええええええっ！」

シラヌイはリーフの拳を右手で払いのけつつ、左の掌《てのひら》で、肉の余った顎を軽く叩《たた》いた。

「とう、りょう、と、結婚、した、かった……っ」

白目を剝《む》いたリーフは、願望を口にしながら倒れた。

「冷たき嵐となり、吹き狂え！」

ノルドが詠唱を終えるのを待って、シラヌイは駆け出した。

「氷嵐《アイス・ストーム》！」

シラヌイの前方に、吹雪が巻き起こった。

ただの吹雪ではない。拳大の氷が無数に飛び交っている。呑《の》み込まれれば、凍えるだけではすまない。

シラヌイはそこに、真っ正面から突っ込んだ。

練り上げられた魔力は、魔術に対してある程度の抵抗力を持つ。

さらにシラヌイは、魔力そのものから熱を発することで、氷嵐《アイス・ストーム》の中を、平然と駆け抜けた。

「バカな……っ！」

驚きに目を見開いたノルドは、鳩尾《みぞおち》を打たれて、そのまま白目を剝《む》いた。

ゆっくり倒れ込んできたノルドを片腕で抱き止め、横たえて、シラヌイはヒバリを捕らえている巨漢を見た。

「おまえはどうする？」

「ひっ……ひいっ！」

悲鳴をあげて後じさった巨漢に、ブランが声を飛ばす。

「ヴント。手を離すなよ。手を離したらどうなるか、わかっているな？」

ブランの冷たい声と、声以上に冷たいまなざしに、ヴントという名前らしい巨漢は、コクコクと頷《うなず》いた。

「それでいい」

ブランが耳飾りを指で弄びながら、シラヌイの正面に立った。

「僕にも、稽古をつけていただけませんか？」

「……いいだろう」

ただでさえ冷たい空気が、さらに冷えていく。ブランの魔力の高まりに、氷の精霊たちが呼応している。

「あの四人はあなたに魔術を使わせることすらできなかった。白虎《びゃっこ》の男の代表として、せめて魔術を使わせてみせますよ！　——凍　矢《フリーズ・アロー》！」

無詠唱で氷の矢が放たれた。数は十本。アウラの三分の一ほどだが、これだけの数を、しかも無詠唱で撃てるのは、相当な技量だ。

(さすがは副頭といったところか)

シラヌイは、魔力を込めた拳で、迫る氷の矢をすべて叩《たた》き砕いた。

「熱　拳《ヒート・ナックル》すら使わずに……腹の立つ人だ」

ブランは笑みを浮かべつつ、腰を深く落とし、構えた。

「冷凍球《コールド・ボール》」

ブランが掲げた掌《てのひら》の上に、冷気を凝縮した白い球体が三つ、浮かび上がった。

「凍れ！」

ブランの怒濤《どとう》の攻撃が始まった。

「氷嵐《アイス・ストーム》！」

「氷刃円舞曲《アイス・エッジ・ロンド》！」

「真空刃《エア・スラスト》！」

「極光波《オーロラ・ウエイブ》！」

「幻鳥嵐羽《ファルコン・フェザー》！」

氷術だけでなく、風術をもブランは使ってきた。

風術は避けにくい。ただでさえ視認しにくい上に、氷術の合間に撃たれるとさらに見切るのが難しくなる。

が、目視に頼るのではなく、魔力と精霊の動きに留意すれば、避けられないということはない。次第に目も慣れてくる。

「氷槍《アイシクル・ランス》！」

「空衝撃《エア・インパルス》！」

ブランの魔術は結局、シラヌイにかすりもしない。

「く……！」

ブランの顔からは疲労の色がはっきりと見て取れるようになっていた。術を編む速度も落ちている。

ブランは優秀な魔術師だ。一流といっていい。しかし、アウラには遠く及ばない。

「もう十分だろう」

「まだ、だ……！」

肩で息をしつつも、ブランはシラヌイを睨《ね》めつけてきた。

「姉さんに恋していない白虎《びやつこ》の男は、一人もいない！」

そして、叫んだ。

「当然だろう！　姉さんの美しさに、目を奪われない男がいるものか！　心惹《ひ》かれない男がいるものか！　誰もが姉さんを娶《めと》りたいと願いながら、それが叶《かな》わないもどかしさを抱えている！　何故《なぜ》か!?」

「……アウラが、強いからだ」

「そうだ！　姉さんは強い！　強すぎて、釣り合う男がいないんだ。男たちは皆、自分では姉さんの夫になりえないという事実に打ちのめされながら、姉さんを娶《めと》れる男がいないことに安心していたんだ。そこに、あんたが現れた！」

ブランの魔力が、軋《きし》みをあげながら高まっていく。

「よりにもよって朱雀《すざく》の頭領に！　あんたはこの世で一番、姉さんと結ばれちゃいけない男だ！　あんたは白虎《びゃっこ》の男たちに！　僕に！　二重の屈辱を与えたんだ！　許せるものか！」

「ブラン、君は」

アウラの夫になりたかったのか、という言葉を、シラヌイは呑《の》み込んだ。

「このまま、あんたに魔術の一つも使わせずに負けたんじゃ、三重の屈辱だ！　僕にだって意地がある！」

場に満ちる氷の精霊たちが、ブランの魔力に当てられて悲鳴をあげているのが、シラヌイにもわかった。

「氷の精霊よ、我が呼び声に応えよ！　我が意に従え！」

これまで無詠唱で術を使ってきたブランが、詠唱を始めた。

（大魔術を使う気か）

シラヌイは浅く腰を落とし、呼吸を整える。

「雷の神よ、その手に剣を！　極圏の光を纏《まと》い、万物を切り裂け！」

氷の精霊たちの悲鳴が、いよいよ声として響き渡った。ブラン自身の限界を超えて練られた魔力に力ずくで従わせられて、苦しんでいるのだ。

「極光雷神剣《オーロラ・サンダー・ブレード》！」

ブランが天に掲げた両手から、赤、青、緑、三色が入り交じった光が噴き上がった。

ブランはそれを、巨大剣の如《ごと》くシラヌイに向けて振り下ろす。

凄《すさ》まじい破壊力を秘めていることは明白だった。しかも、ブランはその破壊力を制御しきれていない。地を打ち、炸裂《さくれつ》すれば、地形が変わってしまうだろう。

シラヌイは双眸《そうぼう》を見開き、迫る極光の巨大剣に向けて左右の手を伸ばし、十本の指で、真っ向から受け止めた。

指に込めた魔力で、ブランの魔力に干渉し、波長を合わせる。

一人一人、顔の形が違うように、魔力にも、人それぞれ固有の波長がある。それは先天的なものであり、基本的に、生涯変わることはない。

魔力の扱いに長《た》けた魔術師であっても、自らの魔力の波長を変えられるものではない。

しかし、シラヌイには、限定的な条件下ではあるが、それができた。

相手の魔力に直接触れ、かつ、魔力の大きさ、強さに於《お》いて、明確に勝っていた場合のみ、ほんの一瞬ではあるが、シラヌイは自らの魔力の波長を、相手のそれに同調させることができた。

「氷の精霊よ、我が意に従い――」

シラヌイは術を構成する氷の精霊たちに、術者は自分であると錯覚させた。そして、命じた。

「――散れ！」

極光の巨大剣が、澄んだ音を響かせて砕け散った。

「バカな！　大魔術を分解した……!?」

ブランが驚きの声をあげ、膝から崩れた。

三色の燐光《りんこう》が煌《きら》めきながら降り注ぐ。それらは地に落ちると淡雪に変わって消えた。

「これが、朱雀《すざく》の頭領の実力……次元が、違う……」

うなだれ、呆然《ぼうぜん》と呟《つぶや》くブランの前に、シラヌイは立った。

「結局、僕たちは、あなたに魔術の一つさえ使わせることができなかった……」

シラヌイは片膝をついた。ブランと目線の高さを同じにして、言う。

「魔術は凶器だ。家族に凶器は向けられない」

「家族……？」

「以前に言った。私は、朱雀《すざく》の民と白虎《びゃっこ》の民は、家族になれると信じている。それに、ブラン。君はアウラの弟だ。紛れもなく私の家族だ」

ブランは長く息を吐いて、顔を上げた。

「聞いたか、みんな！　これが朱雀《すざく》の頭領だ！　我らの頭領に勝るとも劣らない実力を示すだけでなく、白虎《びゃっこ》の民への親愛をも示された！　我らの頭領の夫に、彼以上に相応《ふさわ》しい男はいない！　恩讐《おんしゅう》を捨てる時だ！」

ブランの声が林に響き渡った。

倒されていた男たちが、苦しげに呻《うめ》きつつも起き上がり、片膝をついて頭《こうべ》を垂れた。

「我ら白虎《びゃっこ》の民は、朱雀《すざく》の頭領シラヌイ殿の温情に感謝し、忠義を尽くすことをここに誓います」

四人の中で一番の実力者だったベンが、恭順の意を言葉で表し、額を地につけた。他の三人、そして、ヒバリを捕らえていた男も、同様に額を地につけた。

「皆、顔を上げてくれ。今回の件は、私たちが真の家族になるための通過儀礼であったと考えている。しかし、暴力による解決を、私は望まない。今後は、皆の思いは、言葉にして伝えてもらいたい。私は誠意を尽くしてそれに応えよう」

シラヌイは白虎《びゃっこ》の男たちを見回し、そう言った。

男たちは顔を上げ、顔を見合わせた後、

「ははっ」

声を揃《そろ》え、改めて頭を下げた。

シラヌイは長く息を吐いて、ヒバリを見た。

ヒバリを捕らえていた男は跪《ひざまず》いているが、ヒバリは腰の後ろで両手首を縛られたままだった。

「ヒバリ、芝居はもういい」

シラヌイがそう声をかけると、

「んっ」

ヒバリは両手首を縛る縄を、軽く引きちぎって、口を塞いでいた布を投げ捨てた。

「あれ？　バレてた？」

「当然だ。彼らが本当におまえを力ずくで捕まえたのだとしたら、無傷でいられるわけがない。……彼らのほうがな」

呪紙で火の精霊の力が著しく弱められたこの林に誘い込まれたのだとしても、ヒバリの実力なら逃げられたはずだ。そもそも、林に足を踏み入れたところで異変に気づいて、いくらでも対処できただろう。

ブランなら。

ブランとヒバリの魔術師としての実力は、五分。ブランが本気で挑めばヒバリを拘束することも可能だろうが、その場合、ヒバリは無傷ではいられない。

ヒバリも白虎《びゃっこ》の男たちも無傷という時点で、シラヌイは狂言を疑っていた。

「どういうつもりだ？」

「ブランくんにお願いされたんだ」

ヒバリが手首をさすりつつ答える。

「兄様の実力と人柄を、白虎《びゃっこ》の人たちに見せてほしいって」

「僕から説明させてください」

ブランが立ち上がって言った。

「シラヌイ様も感じられていたと思いますが、白虎《びゃっこ》の民の中には、姉とシラヌイ様の結婚を快く思っていない者もおります。特に男たちは」

シラヌイは頷《うなず》く。

「わかっている。無理もない」

「彼らに、シラヌイ様が姉の夫に相応《ふさわ》しい方であると納得してもらうには、まずはとにかく力を示していただくしかない、と考えました。自分より強い者に対しては、相手が誰であれ一目置く。男とはそういうものです」

男たちを見回し、ブランは言葉を続ける。

「もちろん、シラヌイ様が強いことは彼らも知っていました。なにしろ、あの姉と渡り合い続けた方です。それでも、目《ま》の当たりにするか、自ら味わうことでしか実感できないこともありますから」

「こんなやり方はしてほしくなかったが」

ブランは肩を竦《すく》め苦笑する。

「彼らには、抱えた感情を吐き出してもらう必要がありました。その上で格の違いを見せつけられれば、納得するしかない。とはいえ、正面から挑むにはあなたは強すぎる。なので、戦い辛《づら》い状況を設けさせてもらいました」

「火の精霊を封じ、ヒバリを人質に取った」

「ヒバリさんに人質になってもらったのは、あなたに、戦いに応じてもらうためです」

ブランの目線を受けたヒバリが、片手の親指をぐっと立ててみせた。

「ですが、力ずくで彼女を人質にした設定は、さすがに無理がありましたね」

ヒバリに軽く手を振ったブランは、シラヌイに向き直り、深く頭《こうべ》を垂れた。

「申し訳ありません。このような真似《まね》、本意ではなかったのですが、シラヌイ様への怒りを抑えきれず、行動に移してしまう者が出てしまいました」

「里に入ったところで氷の礫《つぶて》が飛んできたが、あれか」

ブランは頷《うなず》いて、目線を、灰色の髪を逆立てた青年――ラウムに向けた。

あの氷の礫《つぶて》は彼の魔術だった、ということらしい。

「短慮を起こす者が一人出れば、後に続く者も出てしまいます。最悪なのは――」

「アウラの目の前で、白虎《びゃっこ》の民と私が戦ってしまうこと、だな」

「はい。そうなることだけは避けたくて、無礼を働きました」

「事情は理解した」

シラヌイはブランの肩を叩《たた》こうとしたが、その手は空を切った。

ブランが、不意に早足で前に出たのだ。

「姉さん！」

シラヌイは振り返る。走るアウラの姿が目に飛び込んできた。

「シラヌイさん！　強い魔力を感じました。何があったんですか？」

「アウラ。フェンリルはどうしました？」

「見つかりませんでした。気配も感じなかったので、遠くに行ってしまったのだと思います。見間違いだったのかも……」

「それは、よかった」

アウラに嘘《うそ》をつくのは心苦しいが、仕方がない。

「それで、あの、この状況は……」

片膝をついた格好の男たちを見回して、アウラは戸惑っている。

「ブラン。あなたも説明して」

「シラヌイ様に稽古をつけてもらったんだよ。みんな、朱雀《すざく》の頭領の実力を、実際に見てみたいって」

臆面もなく、ブランは嘘《うそ》をついた。予《あらかじ》め考えていたであろうとはいえ、顔色一つ変えずに嘘《うそ》を言えるのはすごいと、シラヌイは内心で舌を巻いた。

「まあ、そうだったの。すみません、シラヌイさん。お疲れのところに無理なお願いをしてしまって」

「みんな、シラヌイ様の強さに感服していたよ。すごいんだよ、シラヌイ様は。魔術を使わずに彼らを圧倒してみせたんだ。魔術は凶器だから、たとえ稽古でも、家族である白虎《びゃっこ》の民に魔術を使うわけにはいかないって言ってね。カッコイイよねぇ。憧れちゃうな～」

シラヌイは渋面になる。

今のブランの台詞《せりふ》に嘘《うそ》はない。嘘《うそ》ではないが、それを口にしているブランの感情は、言葉とは裏腹だろう。

ブランは言っていた。今回の戦いを仕組んだのは、白虎《びゃっこ》の男たちに抱えていた感情を吐き出させるためでもあると。

彼の言う白虎《びゃっこ》の男たちの中には、ブラン自身も入っていたはずだ。

魔力が軋《きし》み、歪《ゆが》み、精霊たちが悲鳴をあげるほどの激情にかられて、彼は大魔術まで使ってきた。

見た目どおりの穏やかな青年ではないということはわかっていたが。

(なかなか、厄介な義弟だな)

「シラヌイ様にも、いい交流の機会になったって言ってもらえたしね。ですよね、シラヌイ様」

「あ、ああ」

人懐《ひとなつ》っこい笑みを向けてくるブランに軽く引きつつも、シラヌイは同意する。

「それならいいのだけれど……」

「そうだ！　姉さん、温泉に行ってきなよ。シラヌイ様と一緒に」

「温泉？」

オウム返しに訊《たず》ねたシラヌイに、アウラが答えた。

「はい。森の奥に、温泉があるんです。ヒバリさんもどうですか？」

「いえいえっ。あたしは遠慮しておきます。お邪魔虫にはなりたくないですから」

「邪魔だなんて、そんな」

「せっかくだから、ここはヒバリさんの言葉に甘えさせてもらいなよ」

ブランに背中を押されたアウラは、

「ふ、ふたりがそう言うなら……」

恥ずかしげに掌《てのひら》をすり合わせつつ、シラヌイに言った。

「シラヌイさん。温泉に、ご案内します」

「は、はい」

アウラについて歩き出したシラヌイを、

「シラヌイ様」

ブランが呼び止めた。

「姉を、よろしくお願いします」

ブランはシラヌイの耳元に顔を寄せ、シラヌイにだけ聞こえる声量で言った。

「それは、もちろん――」

応えるシラヌイを遮って、ブランは、声をさらに小さくして言った。

「姉さんを不幸にしたら、許しませんよ？」

声も、耳にかかった息も、氷のように冷たかった。

「僕の力ではあなたに勝てない。でも、あなたを苦しめる方法はいくらでもあります」

そう言って去ろうとしたブランの腕を、シラヌイはつかんだ。

「私は、私の全てを賭《と》してアウラを愛すると心に決めている」

「う……ぐっ！」

ブランは顔を歪《ゆが》めてつかまれた腕を振り上げようとしたが、シラヌイの手はビクともしない。

「この緋眼《ひがん》に誓って、アウラを不幸にはしない」

シラヌイは緋色《ひいろ》の双眸《そうぼう》を大きく見開き、その目をブランに向けた。

「同時に私は、私の民を誰一人として不幸にしないと誓っている」

「ひっ……！」

目が合うと、ブランは息を呑《の》んでたじろいだ。

「シラヌイさん？　ブラン？」

アウラが振り向く。その時には、シラヌイの手はブランの腕から離れていた。

「なんでもありません。行きましょう」

つかまれていた腕を抱え、青ざめているブランを尻目に、シラヌイはアウラの隣に並んだ。

アウラとシラヌイの姿が見えなくなると、ブランはその場に崩れるようにしゃがみ込んだ。

「おい、ブラン。大丈夫かよ」

声をかけてきたノルドに、

「少し疲れただけだ。おまえたちはもう戻れ」

ブランは顔も向けず、追い払うように手を振った。

「でもよ……」

「いいから、行けって！」

苛立《いらだ》った声をぶつけられたノルドは、渋々、立ち上がって歩き出す。他の四人も、ブランを気にしつつ去っていった。

一人その場に残ったブランは、うなだれ、大きく息を吐いた。

「兄様を怒らせないほうがいいよ？」

ブランの隣に、ヒバリが腰を下ろした。

この場にはもう自分以外は残っていないと思っていたブランは、軽く驚いた。

「ああ見えて、怒ると怖いから」

「……それは、思い知らされたよ」

ブランは右腕の袖を捲《まく》って見せた。

今し方、シラヌイにつかまれた箇所が、赤く焼けている。

服は焼けていない。その下の腕だけが焼けている。魔術は使っていなかった。魔力だけでやってのけたのだから、凄《すさ》まじい技量だ。

「ねぇ、一つ訊《き》いていい？」

「……なに？」

ヒバリは立てた膝に頭を載せ、ブランの顔を下から覗《のぞ》き込むようにして訊《き》いてきた。

「ブランくんは、アウラさんと結婚したかったの？」

ブランは奥歯を噛《か》み、顔を背けて答える。

「……する、つもりだった」

「姉弟なのに？」

「……僕と姉さんに、血の繋《つな》がりはないよ」

ブランはため息交じりに生い立ちを語った。

ブランの両親は、ブランが三つの時に里の外で魔獣に襲われて命を落とした。

ブランは当時頭領だったフロロに引き取られ、同じくフロロの元に身を寄せていたアウラと姉弟として暮らしていくことになった。

「長老……フロロ様が、どうして僕を引き取ったのか、わかるかい？」

「わかるよ。アウラさんの結婚相手にするため、でしょ？」

ブランは背けていた顔をヒバリに向けた。

「氷眼《ひょうがん》持ちのアウラさんには、子供を生んでもらわなきゃだもんね。その子が氷眼《ひょうがん》を受け継いでいてくれるのを期待するのは当然だし、父親になる男の人が才能のある魔術師なら、氷《ひよう》眼《がん》持ちの子供が生まれやすくなるかもしれない。氷眼《ひようがん》持ちじゃなかったとしても、両親から魔術の才能を受け継げば、その子は優秀な魔術師になって、いずれは頭領になる」

「……そのとおりだよ。僕には、姉さんほどじゃないけれど魔術師の才能があった。長老は僕を姉さんの結婚相手にするつもりだったし、僕もそのつもりだった。姉さんの夫に相応《ふさわ》しい男になりたい一心で、魔術の修行に明け暮れてきたんだ」

あはは、と笑ったヒバリに、ブランは顔をしかめた。

「……笑い話をしたつもりはないんだけど」

ヒバリは首を振った。

「ごめんね。ブランくんを笑ったんじゃないの。あたしたちって、本当に境遇が似てるなーって思って、笑っちゃった」

「…………」

たしかに、ブランは頭領の弟で副頭、ヒバリは妹で副頭と、極めて似通った立場にある。年も近い。

だが、ヒバリの物言いは、他にも共通点があるように聞こえた。

「もしかして、君も？」

「うん。あたしも、兄様とは本当の兄妹じゃないんだ。それにね、うちの長老も、兄様が自分で結婚相手を見つけられなかったら、あたしをお嫁さんにって考えてたみたい」

「……嫌じゃなかったのかい？」

ヒバリは首を振った。

「嫌だって思ったことはなかったな。子供の頃からずっと、あたしは兄様のお嫁さんになるんだって思ってた。その未来を、信じてた。だからね、実は今、けっこう混乱してるんだ。兄様があたしじゃない女の人と結婚するなんて、これっぽっちも思ってなかったから」

えへへ、と笑ったヒバリの顔は、悲しげだった。

「……わかるよ。すごく、わかる」

ブランも、ヒバリと同じ表情で笑った。

「あたしたちも戻ろっか」

ヒバリがぴょんと立ち上がり、ブランに手を差し伸べた。

「自分で立てるよ」

ブランはヒバリの手を取らずに立とうとしたが、足に力が入らず、尻餅をついた。

「……っ」

思っていた以上に疲労していた。

「無理もないよ。あれだけたくさん魔術を使ったんだから。大魔術だって」

ヒバリが再度差し出した手を、ブランは払いのけた。

「立てるって言ってるだろ！」

しかし、身体《からだ》は言うことを聞いてくれない。立てない。

「くそっ……！　くそっくそっ」

悔しさと情けなさに、涙が滲《にじ》んだ。

朱雀《すざく》の頭領シラヌイ。戦ったところで勝てないことはわかっていたが、まるで歯が立たなかった。

火の精霊を封じ、妹を人質に取った。卑怯《ひきょう》な手を使ったことを恥ずかしいとは思わない。

なんとしても確かめたかった。本当に、あの男が、姉に相応《ふさわ》しいかどうか。

結果は残酷だった。

シラヌイ以上に、姉の夫に相応《ふさわ》しい男はいない。

立ち上がれないブランの隣に、ヒバリが再度、腰を下ろした。

ヒバリの手が、ブランの丸まった背中を、ぽんぽんと労《いたわ》るように叩《たた》いた。

そして、ヒバリは言った。

「大丈夫」

何が大丈夫なのか、ブランにはわからない。何も大丈夫じゃないのに。

「大丈夫」

優しい声で、ヒバリはその言葉を繰り返す。背中を叩《たた》く手も優しい。

その優しさに、余計に涙が出た。

森を抜けると山肌が見えた。その手前を川が流れており、湯煙が上っていた。

アウラによると、川底から温泉が湧いており、それが川の水と混ざり合うことでほどよい温度になっているのだという。

「昔から、打ち身や切り傷だけでなく万病に効くと言われていて、親しまれているんですよ」

シラヌイは納得する。寒さの厳しい土地だけに、この温泉はまさに命の湯なのだろう。

ブランは名所を案内すると言っていたが、まったくの嘘《うそ》というわけでもなかったようだ。

「あの小屋で着替えましょうか」

川原には小さな小屋が建てられており、中には手拭いが用意されていた。

シラヌイは服を脱ぎ、腰に手拭いを巻いて小屋を出た。

手拭い一枚のシラヌイを見たアウラは、気恥ずかしげに顔を背けた。

気恥ずかしいのはシラヌイも同じだった。

裸に近い姿を見られたのは、これが初めてだ。シラヌイは、アウラの薄い夜着姿を初夜の際に目にしているが、あの時、シラヌイのほうは装束を脱いではいなかった。

「す、すみません。男の人の裸は見慣れていなくて」

「い、いいえ。見苦しくなければいいのですが」

「見苦しいだなんてそんな！　シラヌイさんの身体《からだ》は、とても逞《たくま》しくて、その、素敵です……」

アウラは顔を真っ赤にして訴えた。言っている途中で気恥ずかしさが極まったのか、語尾は消え入るようだった。

「あ、ありがとうございます」

「わ、わたしも服を脱いできますね。シラヌイさんは、先に温泉に入っていてください」

アウラに促されて、シラヌイは温泉に向かった。

川原の石は、素足で踏むと思いの外熱かった。湯煙の量も多い。アウラはほどよい温度と言っていたが、なかなか熱そうだった。実際、火の精霊の力を強く感じる。白虎《びゃっこ》の里は氷の精霊が強い土地だが、ここは例外のようだ。

実際に足を入れてみると、

「うっ」

やはり、熱い。

「しかし、これは……心地のいい熱さだな」

シラヌイは湯に身体《からだ》を沈め、手近な岩に背をもたれさせた。

「はーっ……」

自然と、息とともに声が出た。

溜《た》まり、固まっていた疲労が、湯に溶け出ていくのがわかる。

「シラヌイさん」

声がして、シラヌイは無意識のうちに閉じかかっていた目を開けた。

湯煙の向こうから、アウラが歩み寄ってきた。

シラヌイは、思わず息を呑《の》んだ。

アウラは手拭いを身体《からだ》に巻いて——はいなかった。

手拭いで前面を隠してはいるが、アウラの豊かな肢体を覆い隠すには、手拭いは小さすぎた。

「裸を見られるのは、やっぱりまだ少し恥ずかしいですね」

照れ笑いを浮かべつつも、アウラは湯に足を入れた。

「そっちに行ってもいいですか……？」

「も、もちろんです」

ゆっくり湯に浸《つ》かったアウラが、身を寄せてくる。

腕と腕、脚と脚が触れ合い、シラヌイは弛緩《しかん》していた全身を硬くした。

「お湯加減はどうですか？」

「少し熱くも感じますが、心地よいですよ」

「ああ、やっぱり里の外の人には少し熱いんですね。わたしたち里の者は慣れてしまっているので、これがちょうどいいんですけど……」

アウラがほんのり上気した顔を向けてくる。
目が合うと、アウラは微笑《ほほえ》んだ。
(やはり、美しい)
アウラの顔を間近で見る度に、思う。見惚《みほ》れる。
白虎《びゃっこ》の男たちが嫉妬するのも当然だ。
こんなにも美しい女性《ひと》を、妻にしたくない男がいるものか。
こんなにも美しい女性《ひと》が、妻になってくれたのだ。
その美しい妻と、手拭い一枚を身につけただけの姿で、肌を触れ合わせている。
(こ、これは……もしかしなくても、子作りのチャンスなのでは……!?)
夜を待たずして機会が訪れた。
シラヌイはゴクリと喉を鳴らした。
(いや、しかし、こんな屋外で？　それではまるで獣ではないか)
日は既に沈みかけているが、まだ明るい。
(ど、どうする……？)
迷っていると、
「ああんっ！」
どこからか女の声がして、シラヌイはビクッと震えた。

「い、今の声は？」

「先客がいたみたいですね」

狼狽《うろた》えるシラヌイに、アウラは鷹揚《おうよう》に答えた。

「先客⁉」

「里の人たちは、みんなこの温泉が大好きですから。今の声は、たぶん、あの岩の向こうからですね」

アウラが下流のほうを指さした。

湯煙で視界が悪いが、たしかに、少し離れたところに大きめの岩が見える。

「あん！　ああんっ！　いいよ！　いいよっ！」

「はぁはぁ！　こうか！　奥か！　奥がいいのかっ！」

女の声に重なるように、今度は男の声も聞こえてきた。バシャバシャと水音もする。

「この声は、リョートとイーニーですね。ふたりは新婚夫婦なんですよ」

新婚夫婦。裸の状況。つまり、あの声は――。

「子作りに励んでいるのでしょうか」

アウラの発したその一言に、

「どどどど、どうでしょう」

シラヌイは動揺した。

「あん！　あっ！　ああんっ！」

「おう！　おおおお！　おうっ！」

喘《あえ》ぎ声も水音も、激しさを増していく。

「ふたりとも、楽しそう」

「ま、まあ、楽しんではいるのでしょうね」

アウラには男女の営みに関する知識がない。男女が夫婦となり、仲良くしていれば子供ができると思っている。

岩の向こうで行われている営みに関しても、新婚夫婦が仲良く楽しく何かをしている、という解釈なのだろう。

「それに、なんだかとっても——」

アウラが言った。シラヌイの肩に頬を乗せて。

「気持ちよさそう……」

「げほっごほっ！」

シラヌイは息を呑《の》んだ拍子に湯気を思いっきり吸い込み、むせた。

「だ、大丈夫ですか？　シラヌイさん」

シラヌイは片手を上げて大丈夫であることを伝えつつ、己の胸をさすった。咳《せき》はすぐに止まったが、呼吸が速い。

岩の向こうから聞こえる声は、いよいよ絶頂に達しようとしていた。

「逝くとか果てるとか言っていますが、ふたりは大丈夫でしょうか……？」

「逝くも果てるも、そういう意味ではないので、大丈夫でしょう」

私は大丈夫ではありませんが！　とシラヌイは心の中で付け足す。

全身を巡る血が、煮えたように熱くなっている。

理性と本能が殴り合っている。

理性が訴える。

初めてがこんな屋外でいいのか？　しかも、近くに人がいるんだぞ？

本能が叫ぶ。

場所なんて関係あるか！　ここでやらないのはただの意気地なしだ！

「ぐぐ……」

本能のほうが声が大きい。

（しかし、あの岩の向こうの夫婦も終わった頃合いだ。こっちに気づかれてしまうぞ……！）

シラヌイはどうにか理性側の支援を試みようとしたが、

「うおお！　このまま二回戦に突入だ！」

「あなた、素敵！　ああん！　ああんっ！」

岩の向こうから、さらなる嬌声《きょうせい》と激しい水音が聞こえてきた。

本能が叫ぶ。

気づかれる心配はない！　いける！　いけ！　やれ！　男になれ！

一方的に殴られた理性が、あっけなく白旗を上げた。

（そうだ、シラヌイ！　己の使命を思い出せ！　子を生《な》して世界を救え！）

シラヌイはアウラの両肩をつかんだ。

「ア、アウラっ！」

「は、はいっ」

「私たちも、ここで子作りを！」

煮えた血が頭に集まってきている。

息が荒い。どんどん速くなっている。

（いかん！　これは……）

シラヌイは我が身に起きている事態に気づいた。

興奮と湯の熱さで、のぼせている。

緋眼《ひがん》を持つシラヌイは火や熱で傷つくことも苦しむこともないのだが、湯は例外だった。湯は水の精霊が主体であるために、熱湯を浴びれば火傷《やけど》をするし、熱い湯に長く浸《つ》かればのぼせもする。

視界が揺らいできた。

（これでは、初夜の時と同じではないか……！）

シラヌイは歯を食いしばり、遠ざかる意識を懸命に繫《つな》ぎ止める。

同じ失敗を繰り返してなるものか。

「シラヌイさん」

アウラの手が、白い指先が、シラヌイの胸板を撫《な》でる。

「わたしを、イーニーみたいに」

上気し、朱を帯びた顔に蕩《とろ》けるような笑みを浮かべて、アウラは言った。

「気持ちよく、してください」

その一言で、辛《かろ》うじて繫《つな》ぎ止められていたシラヌイの意識は、現世の果てにまで吹っ飛び、木《こ》っ端《ぱ》微《み》塵《じん》に砕け散った。

「う……お……お……」

茹《ゆ》で蛸《だこ》の如《ごと》く全身真っ赤になったシラヌイが、ずるずると湯に沈んでいく。

「シラヌイさん？　大丈夫ですか⁉　シラヌイさーんっ！」

温泉に、アウラの悲鳴が響き渡った。

第三話

朱雀《すざく》の里の中央に、極彩色の柱が大樹のように聳《そび》え立っている。

呪晶石《じゅしょうせき》。空の彼方《かなた》より来たる災厄。人類の怨敵。

朱雀《すざく》の里のそれは既に毒の放出を終えて直接的に人に害を為《な》すことはなくなってはいたが、忌《い》まわしい存在であることに変わりはない。

その呪晶石の頂に立って、シラヌイは里を見下ろしていた。

緑豊かな美しい里だ。ただし、決して広くはない。

シラヌイは腕を組んで思案する。

白虎《びゃっこ》の民を全員受け入れるには、土地が足りない。

土地を広げるには、森を切り拓《ひら》くか、山を削るかしかない。

朱雀《すざく》の民の中には、先祖から受け継いだ土地に手を入れることに難色を示す者もいるだろう。

本音をいえば、里が変わっていくことに対する抵抗は、シラヌイの中にもある。しかし、二つの民が共存していく道を選んだからには、変化を受け入れていくしかない。難色を示す者には、根気よく説得を続ける。

(朱雀《すざく》の里を広げるとして、それだけで足りるだろうか……)

考えていると、呪晶石がかすかに揺れた。

シラヌイは思案を中断し、視線を下に向けた。

駆け上がってくる人影が見えた。

呪晶石は、ほとんど垂直に立っている。傾斜は至って緩やかで、駆け上がってくることなど常人には無理だ。

しかし、彼女は常人ではなかった。踏み出した足の下に氷の塊を作り出し、それを足場にして跳ぶ。その動きを繰り返して上ってきているのだ。

あっと言う間に、彼女はシラヌイの前にやってきた。

「ここにいたんですね、シラヌイさん」

「アウラ」

彼女——アウラは、シラヌイを見て微笑《ほほえ》んだ。

アウラは弟で副頭《ふくとう》のブランを伴い、朱雀《すざく》の里を訪れていた。

視察と、朱雀《すざく》の民との交流が目的だ。

朱雀《すざく》の民は、アウラを好意的に受け入れていた。男たちからは「とんでもない美人だ！」と持て囃《はや》され、女たちからは「朴念仁の頭領のお嫁さんになってくれた奇特な人」として、ある種の憐《あわ》れみを向けられつつも、親しまれていた。

先程も、シラヌイが里を案内していた最中、集まってきた女たちが、女子会と称して、アウラだけを連れていってしまった。

一人残されたシラヌイは、この場所で思索に耽《ふけ》りつつ、アウラが解放されるのを待っていたのだった。

「女たちが、すみません。皆、あなたに興味があるようで」

「温かく受け入れていただいて、朱雀《すざく》の里の方々には感謝しています。皆さん、本当に優しい方ばかりで」

その言葉の後で、アウラは小さくげっぷをした。

「す、すみません。わたしったら、恥ずかしい……」

シラヌイは苦笑する。

「あれこれと飲み食いさせられたのでしょう?」

「食事もお酒も、たくさんご馳走《ちそう》していただきました」

アウラの顔がほんのり赤いのは、酒が入っているせいだろう。果実酒の甘い匂いが、ふわりと漂っている。

「朱雀《すざく》の里は、本当に実りの多い土地なのですね。この土地を諦められなかったご先祖様の気持ちが、よくわかりました。民を寒さと飢えで死なせてしまうのは、頭領にとっては一番辛《つら》いことですから」

シラヌイは頷《うなず》く。

「ですが、争いの時代は終わりました。私たちが、二つの民が共に生きていく新たな時代を作っていかなければなりません」

「はい」

「長い道のりですが、その第一歩として、家を建てたいと思っています。私たちの家を」

「家……」

「私たちの結婚は、幸い、朱雀《すざく》と白虎《びゃっこ》、双方の民に祝福されています」

納得していない白虎《びゃっこ》の男たちに戦いを挑まれもしたが、結果として、彼らにもシラヌイがアウラの夫になることを認めてもらえた。

「私たちが一緒に暮らし、こっ、子を生《な》すことで、二つの民が共に生きていけることを示すのです」

「一緒に、暮らす……」

ただでさえ酒で赤くなっていたアウラの顔が、さらに赤みを増した。

「い、嫌ですか？」

アウラはぶんぶんと激しく頭を振った。

「嫌だなんて、そんな！　シラヌイさんと一緒に暮らせるなんて、それは、とても……とても素敵なことですっ」

「あ、ありがとうございます」

子を生《な》す、という目的がある以上、アウラが一緒に暮らすことを拒否はしないだろうとは思っていたが、前のめりに同意を示してくれたことは、ありがたく、嬉《うれ》しかった。

初夜では酒に酔って気を失い、白虎《びやっこ》の里では温泉で湯あたりして気を失った。夫婦になってからこっち、情けない姿しか見せられていないが、愛想《あいそ》を尽かされてはいないようだ。

「それで、ですね。どんな家がいいか、アウラの希望を聞かせていただきたいのです」

「どんな家がいいか……ですか？」

「私たちの場合、大量の魔術書がありますから、それなりの広さは必要になるかと思うのですが、何か、他にあれば」

「んー……」

長考の末に、アウラが出した答えは、

「ありません」

だった。

「シラヌイさんと一緒に暮らせるだけで、わたしには十分ですから」

「そ、そうですか」

嬉《うれ》しい答えではあるものの、シラヌイは微妙に困った。

妹のヒバリからは、「家を建てるなら、ちゃんとアウラさんの要望を聞かなきゃダメだよ」と言われていたし、元より、シラヌイもそう思っていた。しかし、肝心のアウラに要望がないとなると、どんな家にしたらいいものかわからない。

（書庫の多い家にするとして、それ以外にはどうしたものか……）

シラヌイにしても、こういった家にしたいという、具体的なイメージはないのだった。

だが、他ならぬ、アウラと暮らす家なのだ。彼女にとって幸せな場所にしなければならないという思いは、強くある。

「少し、考えてみます。戻りましょうか」

「あ、あのっ。お酒と人に酔ってしまったので、もう少し、ここにいていいでしょうか？」

シラヌイは頷《うなず》く。

「ここはいい風が吹いていますからね。酔いを覚ますにはちょうどいい」

「はい。それにここなら、シラヌイさんとふたりきりですから……」

アウラが身を寄せてきた。シラヌイの腕に、アウラの肩が触れる。

（こ、これは……）

肩を抱いてもいいのだろうか。とシラヌイは逡巡《しゅんじゅん》する。

いいのだ。いいに決まっているのだ。自分たちは夫婦なのだから。

シラヌイはアウラの肩を抱くべく持ち上げた手を、わなわなと震わせた。

（ぐ……！）

二度、子作りに失敗したことで、アウラの身体《からだ》に触れる心的な敷居《しきい》が、殊更に高くなってしまっている。

風に吹かれながら、シラヌイは持ち上げた手を、ただわななかせた。

「姉が望む理想の家……ですか？」

日が沈み、空の色が橙《だいだい》から群青《ぐんじょう》に変わりつつある中、シラヌイはブランを捕まえ、質問していた。

アウラはヒバリと夕食の準備をしている。

「ああ。本人に訊《き》いたのだが、特にないと言われてしまった。弟の君に、心当たりはないだろうか」

ブランは顎に手を運び、考え込む仕草をみせた。

「……城、ですかね」

ややあって、ブランが出した答えが、それだった。

「姉の家は魔術書で埋め尽くされているのはシラヌイ様もご存じかと思いますが」

「ああ。蔵書量でいえば、私以上かもしれない」

「実は姉は物語書も愛読しています。お姫様を主人公にした作品が、特にお気に入りでしたね」

「それで、城か……」

「ええ。お姫様ってのは、城に住むものでしょう？」

言って、ブランは鼻で笑った。

「姉のために、城を用意してくれるんですか？　ちょっと大きめの屋敷《やしき》を建てて、城だ、なんて言わないでくださいよ」

ブランはどうやら、シラヌイに対する嫌がらせとして無理難題を提示しているらしい。

しかし、アウラがお姫様に憧れているというのは、事実だろう。

「貴重な情報、感謝する」

シラヌイの反応に、ブランは目をすがめた。

「……まさか、本当に城を建てるつもりですか？」

ブランの問いに、シラヌイはこう答えた。

「アウラがそれを望むなら、叶《かな》えてみせよう」


シラヌイには一つ、心当たりがあった。

朱雀《すざく》の里の北に、ミネルの丘、と呼ばれる丘陵地帯がある。

そこはかつて、さらに北に帝都を構えるベルリ帝国の領土だった。

街もあったが、四十年前に呪晶石が飛来し、住民は避難を強いられた。

以来、ミネルの丘は死の大地と化し、そこに棲《す》まう生き物は、呪晶獣《じゅしょうじゅう》ただ一体となっている。

ベルリ帝国は過去に幾度か呪晶獣の討伐隊を派遣してはいたが、いずれも返り討ちに遭っていた。呪晶獣とはそれほどに厄介な怪物なのだ。

ミネルの丘に棲息《せいそく》している呪晶獣は特に大型で強力な個体とされており、ベルリ帝国はその呪晶獣をヤマと呼称していた。

シラヌイは一度、ミネルの丘の呪晶獣——ヤマを見たことがある。

遠巻きだったために、姿形をはっきりと確認したわけではないが、巨大さと、魔獣のそれとはまったく異なる禍々《まがまが》しい気配は、嫌というほどに伝わってきた。

その際に、ミネルの丘に城のような立派な建物があることを、シラヌイは確認していた。領主の居城と思われる。シラヌイがミネルの丘を視察したのは三年前。城は今も残っているはずだ。

(あの城を、手に入れる)

城だけではなく、街も。

呪晶獣が支配する土地は、呪晶獣を討伐した者の土地になる。呪晶石災害が始まって以来の、この世界の不文律だ。

「私はこれから、ミネルの丘に向かいます」

翌朝、シラヌイはアウラにそう告げた。

「えっ？」

シラヌイの家の地下書庫で、書棚に並ぶ魔術書を眺めていたアウラは、背後からかけられた声に振り返り、小首を傾《かし》げた。

「ミネルの丘というと、北の……ですか？」

「はい」

「あそこはたしか、呪晶獣の棲息《せいそく》地域になっているはずですが……」

「はい。その呪晶獣を、討伐します」

アウラが、殊更に大きく目を見開いた。

「呪晶獣を？　ミネルの丘の呪晶獣は、ベルリ帝国軍でも太刀打ちできなかった強力な個体と聞いています」

「ええ。相当に手強《てごわ》いでしょうね」

「どうして、そんな」

「ミネルの丘を、私たちの土地にするためです。朱雀《すざく》の民と白虎《びゃっこ》の民が共に暮らすには、朱雀《すざく》の里は狭い。ここで、二つの選択肢があります。森を切り拓《ひら》いて土地を広げるか、新たな土地を手に入れるか、です」

アウラはきょとんとした顔で話を聞いている。シラヌイは続けた。

「二つの選択肢を、私は両方選びたいと考えています。森を切り拓《ひら》く。しかし、これには限界がある。人が増えるのに、森から得られる恵みを減らしてしまっては、食料に余裕がなくなります。それに、白虎《びゃっこ》の民にとって、この地は故郷であり聖地。大きく手を入れることも嫌がる者もいるでしょう」

「それは、はい……」

「ですから、幸い、ミネルの丘を手に入れ、朱雀《すざく》の民と白虎《びゃっこ》の民が共に暮らす、新たな土地にするのです。ミネルの丘には街があります。使える家屋も多く残っているでしょう」

朱雀《すざく》の民と白虎《びゃっこ》の民から、有志を募って移り住む。シラヌイはそう考えていた。

「わかり、ました」

アウラは胸に手を当て、ふーっと息を吐いて、言った。

「わたしもお供します」

アウラがそう言い出すことは予想できていた。シラヌイは首を横に振る。

「呪晶獣は、私一人で狩ります」

「ど、どうしてですかっ⁉」

「呪晶獣が、危険な敵だからです」

「だったら、尚更《なおさら》ふたりで戦うべきじゃないですか！」

アウラの主張はもっともだった。シラヌイも、それはわかっている。

「朱雀《すざく》の民のためにも白虎《びゃっこ》の民のためにも、私たちふたりが揃《そろ》って倒れるような事態だけは、避けなければなりません」

「シラヌイさんがいなくなったら、わたしたちの子は生まれません！　世界は滅びます！　わたし一人が生き残ったって、意味がないんです！　承服できません！」

アウラが正しい。ぐうの音も出ない。だから、シラヌイにはもうこうするしかなかった。

「後生です。私一人でいかせてください」

シラヌイは深く頭を下げた。

「どうして……」

シラヌイは答えず、ただ頭を下げ続けた。

「……ずるいです。そんなふうにお願いされたら、ダメって言えなくなっちゃいます」

尚《なお》も頭を上げないシラヌイに、アウラが折れた。

「……必ず、生きて帰ってくるって約束できますか」

「約束、します」

シラヌイは頭を上げ、アウラの目をまっすぐ見て答えた。

「絶対に、絶対に、無理はしないでくださいね」

「ありがとう、アウラ」

心配させてしまっていることを申し訳なく思いつつ、シラヌイは一人、朱雀《すざく》の里を発《た》った。

燃える翼が風を受けて、火の粉が舞う。

召喚した朱雀《すざく》の背に乗って、シラヌイはミネルの丘を目指していた。

今回の件は、アウラ以外には誰にも話していない。ヒバリにもカガリにも。

シラヌイの、完全な独断だった。

だが、これは、シラヌイにとって、成さねばならない大事だ。

（アウラ……）

心配で曇ったアウラの顔が、目に焼きついている。

（結局、昨夜も子作りはできなかったな……）

昨夜、アウラとブランはカガリの屋敷《やしき》に泊まってもらった。シラヌイも泊まるつもりでいたが、押しかけてきた里の女たちが、女子会の二次会と称して夜中までアウラを囲んで騒ぎ続けたために、子作りに至れなかった。

やはり、誰にも邪魔されずに子作りに励むためには、愛の巣たる家が要る。

そして、それは、アウラに相応《ふさわ》しい、アウラの望む家でなくてはならない。

（私は、力ずくでアウラを妻にしてしまった）

アウラが嫌々結婚に応じたわけではないことは、わかっている。

長年の宿敵だったシラヌイを、長年の宿敵だったからこそ信頼し、尊重し、一定の好意を抱いてくれていることは、わかっている。

だからこそ、心苦しかった。

シラヌイはまだ、アウラに何も与えられていない。

全身全霊で彼女を愛し、幸せにしたいと思っている。その思いを、形にして伝えたい。

形にするなら、大きなものがいい。

城ならば、うってつけだ。

お姫様に憧れていたというアウラを城に住まわせる。そこを、ふたりの愛の巣にする。

（これは、私の男としての意地であり、欲だ）

だから、この戦いは、一人で勝たなければならない。

朱雀《すざく》の里からミネルの丘までの距離は、白虎《びやっこ》の里までの距離とそう変わらない。山を二つ越えなければならないのも同じだ。人の足でも馬の足でもそれなりに険しい道程だが、朱雀《すざく》なら半日とかからない。

ミネルの丘が、見えてきた。

ミネルは大陸の北東部に於《お》いて信仰対象となっている女神の名だ。

天の彼方《かなた》より聖獣『竜』を伴ってこの世界に降り立ち、平穏と繁栄をもたらしたとされる女神ミネル。

ミネルの丘は、女神が降り立った、まさにその場所とされている。いわば聖地だ。

聖地に相応《ふさわ》しく、ミネルの丘は美しい土地だった。鮮やかな緑が、煌《きら》めいてさえ見える。

呪晶石の発する毒は、あらゆる生き物を殺す。植物も例外ではなく、ミネルの丘も一度は死の大地になったはずだが、毒の放出がやんでから三十年の時を経て、緑は蘇《よみがえ》っていた。

一番小高い場所、断崖の際《きわ》に、白亜の建物が見えた。件《くだん》の城だ。

（城は後回しだ。まずは、呪晶獣を討つ）

シラヌイは視線を動かし、見つけた。

城の西側に造られた街。その街の外れに聳《そび》え立つ、極彩色の柱を。

ミネルの丘に突き立った呪晶石は、朱雀《すざく》の里のそれよりも高く、太い。

朱雀《すざく》の里のそれを大樹とするなら、ミネルの丘に聳《そび》えるそれは、塔だ。

呪晶石が大きいほどに、呪晶獣も強くなるという。あくまでも傾向であって、絶対的な法則というわけではないらしいが、実際に、この地の呪晶獣は帝国の軍力を以《もっ》てしても敵《かな》わなかった、強力な個体だ。

シラヌイは神経を研ぎ澄ませつつ目を凝らす。

（――いた）

呪晶石の向こうに、何か大きな生き物の影が見えた。

呪晶獣には、呪晶石から遠くは離れないという性質があるが、これは好都合だ。探す手間が省けた。

シラヌイは朱雀《すざく》の高度を下げつつ加速した。

一息に呪晶石との距離を詰め、傍《かたわ》らを掠《かす》めるように通り過ぎたところで、朱雀《すざく》の背中を蹴って身を躍らせる。

そして、シラヌイは、極彩色の柱の傍《そば》にいた異形に向けて、片手を振り下ろした。

「いけ、朱雀《すざく》！」

朱雀《すざく》が急速に向きを変え、異形めがけて突進する。

異形が緩慢に身じろぎする。遅い。朱雀《すざく》は燃える嘴《くちばし》を異形に突き刺し、その身を炸裂《さくれつ》させた。

ミネルの丘に、巨大な炎の華が咲いた。

朱雀《すざく》は火の上位精霊。その身を成す炎は劫火《ごうか》にも等しい。大型の魔獣さえも、たちまち灰にするほどの火力を持つ。

しかし。

炎の華の中から、異形は平然と歩み出てきた。

熱された巨体からはじゅうじゅうと白煙が上ってはいるが、焼けてはいない。

「これが、呪晶獣か」

驚きはなかった。朱雀《すざく》を以《もっ》てしても大きな損傷を与えられないことは想定していた。

冷静に、シラヌイは眼前の異形を注視する。

上半身は人に近い。胸も腹も腕も、筋肉が異様に発達している。体毛はなく、皮膚は石膏《せっこう》のようなくすんだ白。頭部には三つの眼《め》と口。口角は笑むように吊《つ》り上がっているが、歯は見えない。毛髪のない頭部には、それぞれ長さの異なる角のような突起が十数本。

下半身は四足の獣。こちらは体毛に覆われているが、色は皮膚と同じ石膏《せっこう》の色。

シラヌイの知識にある、どの魔獣とも異なる姿。

呪晶獣の姿形は個体によって大きく異なる。元になった生物の姿が、ある程度は反映されるという話だが、ヤマの場合は半人半獣……該当する魔獣は複数思い当たるが、具体的にどれかまではわからない。

背筋に、首筋に、掌《てのひら》に、嫌な汗が滲《にじ》んでくる。恐怖心より生理的な嫌悪《けんお》感が先に立つ。

だからといって、怯《ひる》みはしない。

シラヌイは深呼吸とともに、魔力を練り上げる。

「我が名はシラヌイ。第十三代、朱雀《すざく》の頭領にして緋眼《ひがん》の賢者。参る」

果たして、呪晶獣が人の言葉を理解しているのか。

シラヌイの名乗りに応えるかのように、ヤマと呼称される呪晶獣は、歯のない口を開き、咆《ほう》哮《こう》を轟《とどろ》かせた。

不気味な巨体は、瞬時に、首をめいっぱい反らさなければ見えないほどの高度に到達した。

哮を轟かせた。そして、跳んだ。

(なんという脚力だ……！)

ヤマの獣のような下半身は、隆々とした上半身と比べると些《いささ》か細く、全体として均整が取れていないように見えていたが、とんでもなかった。

迎撃するか避けるか。シラヌイが選んだのは後者だった。

大きく跳《の》び退いた次の瞬間、シラヌイが立っていたその場所に、ヤマが降ってきた。

まず四本の足が、追って振り下ろされた二つの拳が、地面を叩《たた》いた。

凄《すさ》まじい衝撃に、ミネルの丘が震えた。

地が砕け、割れ、飛び散った無数の土塊《つちくれ》が、投石の如《ごと》く降ってくる。

「火炎障壁《ファイア・ウォール》！」

土塊《つちくれ》は、シラヌイの正面に噴き上がった炎の壁に激突し、焼けて砂と化した。

「ふっ」

細く短く息を吐いて、シラヌイは地面を蹴った。今度は跳び退《の》くのではなく、炎の壁を突っ切って前に出た。

（――攻める！）

呪晶獣は姿形だけでなく、能力も個体によって異なる。

ヤマの能力の全容は把握に至っていないが、凄《すさ》まじい腕力と脚力、耐久力は確認できた。

地を割った腕力も脅威だが、より厄介なのは脚力だ。助走もつけずにあれだけの跳躍を見せたのだから、走り回られたら手に負えない。

走らせないためにはどうするか。攻めて攻めて動きを封じる以外にはない。

シラヌイは右手の人差し指と中指を天に向けた。二本の指の先――空中に、無数の白い光点が生まれた。

その光点の一つ一つが、眩《まばゆ》いほどの輝きを放ち始める。

今が夜だったなら、それはまさしく夜空に煌《きら》めく星々に見えただろう。

「星光華炎《スターライト・エクスプロージョン》！」

シラヌイは声を張るとともに天を指していた指をヤマに向けた。

光点が、流星雨の如《ごと》くヤマに降り注ぐ。

振り仰いだヤマが一瞬身じろぎしたのは、眼《め》が眩《くら》んだからだろうか。

光点は次々とヤマの石膏《せっこう》色の巨体を捉え、炸裂《さくれつ》した。

星光華炎《スターライト・エクスプロージョン》は、シラヌイが詠唱なしで繰り出せる魔術の中では、最も破壊力が高い。

星光の一つ一つが、火炎球《ファイアー・ボール》十数個分の威力を持つ。

本来は、大軍相手に広範囲にばら撒《ま》いて使用する術だが、今は全弾をヤマにぶつけた。

爆発の轟音《ごうおん》をかき消すように、ヤマが再び吠《ほ》えた。

(効かないか)

爆煙でヤマの姿は影しか見えないが、効いていないことはわかる。手応えがない。

しかし、動きは止まっている。初撃の目的は果たした。

「紅《あか》は始原。紅は終焉《しゅうえん》。我が心の焦がれるままに、天を焦がし地を焦がせ」

左右の掌《てのひら》を正面にかざし、緋眼《ひがん》を見開いて、シラヌイは力ある言葉を紡《つむ》いだ。

掌《てのひら》の先に、赤い光点が浮かび上がる。それは、先の攻撃で熱された空気を吸い込み膨れ上がっていく。

「紅炎天焦《クリムゾン・フレア》！」

赤く紅い巨大な火球が、ヤマの巨体を丸呑《まるの》みにして、天に届く火柱と化す。

アウラとの決闘のために編み出し、実際に使用した大魔術だ。あの時はアウラの大魔術に相《そう》殺《さい》されたが、今回は完全な形で発動した。

天に届いた炎は広がり、青かった空を、紅《あか》く染めている。

シラヌイは油断なく火柱を睨《にら》む。

果たしてヤマは火柱の中からゆっくりと姿を現した。

肉の焼ける臭いが鼻をついた。

石膏《せっこう》色の皮膚は焼け、その下の肉も赤く焼けている。

「くっ……」

シラヌイは歯《は》噛《が》みした。

効いている。効いてはいるが、表面だけだ。

ヤマの地を踏みしめる四本の足にも、隆々とした上半身にも、力が満ちている。

やはり、硬い。紅炎天焦《クリムゾン・フレア》でも一撃で仕留められるとは思っていなかったが、皮膚と肉の表面を焼くのが精一杯とは。

ヤマが歯のない口を丸く開いて、大きく息を吸い込んだ。

（くる……！）

危険を察知するのと同時に、シラヌイの身体《からだ》は動いていた。

大きく横に跳んだシラヌイの傍《かたわ》らを、灼熱《しゃくねつ》の奔流が通り過ぎた。

ヤマが口から火を吐いたのだ。

凄《すさ》まじい熱気に、シラヌイは顔を歪《ゆが》める。

緋眼《ひがん》を宿しているシラヌイが、火と熱で傷つくことはない。それでも戦慄せずにはいられないほどの炎だった。

（離れろ……！）

さらに距離を取ろうとしたシラヌイだが、ヤマはそれを許してはくれなかった。

巨体が、瞬時に目の前にまで迫った。――疾《はや》い。

「火炎障壁《ファイア・ウオール》！」

避けられない。シラヌイは魔術での防御を試みたが、ヤマの拳は炎の壁を易々《やすやす》と貫いた。

大岩のような拳に打たれて、シラヌイは宙を舞った。

一瞬、意識が飛んだために、咄嗟《とっさ》には魔術が使えない。頭の下に地面が迫る。

どうにか右手で受け身を取って転がり、身を起こしたシラヌイは、

「……っ！」

左腕に走った激痛に、呻《うめ》いた。

ヤマの拳を両腕を交差させて受けたが、左腕の骨が折れてしまったらしい。

「はあっ……はあっ……」

俄《にわか》に、呼吸が乱れ始めた。

大魔術を行使した疲労もある。腕の痛みもある。だが、それ以上に、焦《あせ》りがシラヌイの息を荒くしていた。

勝利を確信したのか、ヤマはゆっくりと歩み寄ってくる。

「落ち着け」

自分に言い聞かせる。シラヌイの武器は魔術だ。片腕が折れたとしても、たいした問題ではない。

魔術も、まったく効いていないわけではない。

「落ち着け」

改めて言い聞かせる。荒く速くなっていた呼吸が、静まっていく。

「この程度の敵に、狼狽《うろた》えるな」

死闘には慣れている。目の前の異形よりも手強《てごわ》い相手と、シラヌイは実に百一度もの死闘を繰り広げてきたのだ。

ヤマが、三つの眼《め》を、まるで笑むように細めた。

「余裕のつもりか。人間を見くびるなよ、呪晶獣。おまえがこの地の王でいられるのも、今日までだ」

シラヌイは笑みを返しつつ、魔力を練る。

「紅炎天焦《クリムゾン・フレア》！」

赤《あか》く紅い火球がヤマを呑《の》み込み、火柱が天を焦がす。

苦悶《くもん》の咆哮《ほうこう》が響き渡る。

「いい加減に、燃え尽きろ！」

シラヌイは戦術を変えなかった。星光華炎《スターライト・エクスプロージョン》で動きを止めて、紅炎天焦《クリムゾン・フレア》をくらわせる。

今ので、七発目。

大魔術によるダメージは、着実に積み重なっていた。

ヤマの巨体は全身が焼け爛《ただ》れ、肉が崩れ落ちている部位もあった。

それでも、倒れない。倒しきれない。

「星光華炎《スターライト・エクスプロージョン》！」

苦悶《くもん》の声を発しつつも火柱の中から出てきたヤマの動きを、攻撃で封じる。

「紅《あか》は始原。紅《あか》はしゅうえ……っ」

すかさず、紅炎天焦《クリムゾン・フレア》を撃とうとして、シラヌイは片膝をついた。

声をあげずにはいられないほどの激しい痛みが、身体中《からだ》を駆け巡っている。

「ぐ……ああっ！」

（魔力が暴走を始めたか……！）

大魔術の行使には膨大な魔力が必要になる。それを、七発分。加えて、強力な魔術を多用している。

絶え間なく膨大な魔力を練り続けたことで、魔力がシラヌイの意思とは無関係に増幅し、体内で暴れ回っているのだ。

魔力の暴走状態。魔力の制御が未熟な魔術師や、魔術を自己の限界を超えて使用した際に起こる現象だった。

痛い。骨も筋肉も痛くてたまらないが、特に酷《ひど》いのが頭だ。割れるような、どころか、金槌《かなづち》で滅多打ちにされているかのような壮絶な痛みに、シラヌイは倒れてのたうち回った。

ヤマが吠《ほ》えた。

（やられる……！）

異形が拳を振りかぶって迫る。

シラヌイにはもう、避ける術《すべ》がない。

（アウラ……！）

逃れられない死を前に、シラヌイが心の中で叫んだのは、妻の名だった。

「堅牢氷壁《アイス・ウオール》」

シラヌイがこれまでに放った魔術で熱された空気を、凜《りん》とした声が切り裂いた。

重い衝撃音が響き渡る。

シラヌイは苦悶《くもん》に喘《あえ》ぎながら見た。

ヤマの拳を受け止めた分厚い氷の壁と、その手前に立つ、黒髪の女の後ろ姿を。

「アウ、ラ……」

顔だけを振り向かせて、言った。

「あなたを死なせはしません」

そして、アウラは、シラヌイのほうに後じさりながら、

「堅牢氷壁《アイス・ウオール》」

新たな氷の壁を、最初に作った壁の後ろに、重なるように作り出した。

二重になった氷の壁が、ヤマの拳を、文字どおり堅牢《けんろう》に阻《はば》む。

「魔力が暴走しているのですね」

シラヌイの傍《かたわ》らまで下がってきたアウラが、身を屈《かが》めてシラヌイの額に手をかざした。

「なに、を……」

シラヌイの問いかけに微笑《ほほえ》みで応えたアウラは、氷眼《ひようがん》を見開いて、かざしていた掌《てのひら》を、シ

ラヌイの額に当てた。

「……！」

アウラから、凄《すさ》まじい魔力のほとばしりを感じて、シラヌイは目を剝《む》いた。

身体《からだ》の痛みが、引いていく。

「あ……」

アウラが何をしたのか、シラヌイは瞬時に理解した。

アウラは、自らの魔力をシラヌイの魔力に同調させることで、暴走していたシラヌイの魔力を鎮《しず》めたのだ。

魔力を操る技術に長《た》け、かつ、自分の魔力の大きさが、相手の魔力のそれを明確に上回っていなければできない芸当だ。

「これで、大丈夫ですね」

アウラは見開いていた氷眼《ひょうがん》を細め、閉じて、ぐらりと身体《からだ》を傾けた。

シラヌイは咄嗟《とっさ》に身を起こしつつ、折れていない右腕でアウラを抱き止めた。

立ち上がり、アウラを肩に担《かつ》いでヤマから離れる。

後方の街中に、シラヌイは逃げ込んだ。

ヤマには眼《め》があった。眼《め》でシラヌイの動きを追っていた。なら、障害物の多い場所に隠れてしまえば、時間を稼げるだろうという判断だ。

シラヌイは建物の壁にアウラの背をもたれさせた。

「シラヌイさん……」

アウラは気を失ってはいなかった。微笑《ほほえ》んではいるが、その顔には濃い疲労の色が見て取れた。

当然だった。シラヌイとアウラの魔力の総量に大差はない。暴走していたシラヌイの魔力を鎮めるために、アウラはシラヌイのそれを遥《はる》かに上回る魔力を練り上げ、消費したのだ。それは、命を削るにも等しい行為だったはずだ。

「アウラ、どうして……」

「心配で、追いかけちゃいました」

シラヌイは項垂《うなだ》れる。

(情けないな、私は……)

大見得を切っておいて、この様だ。アウラの助けがなかったら、死んでいた。

(どうする……?)

ヤマが追ってきている気配は、今のところはない。

魔力の暴走が治まったおかげで、魔術は使える。

朱雀《すざく》を召喚してアウラを連れて退却する、というのが、一番堅実な選択だろう。

しかし。

「情けない、なんて思わないでくださいね」

アウラが言った。シラヌイの心の声が聞こえていたかのように。

「逃げる必要もありません。シラヌイさんなら、必ず、あの呪晶獣を倒せます」

アウラの手が、シラヌイの頰に触れた。疲労のせいか、その指先は氷のように冷たい。

「……信じてくれるのですか、私を」

「もちろんです。だって、わたしの夫は、世界一の魔術師……いいえ、賢者ですもの」

「アウラ……」

シラヌイは頰に触れるアウラの手をつかみ、軽く握った。

「あなたがそう言ってくれるなら、私は神さえも屠《ほふ》ってみせよう。神ならざる呪晶獣など、敵ではない」

シラヌイの言葉に、アウラは安堵《あんど》の笑みを浮かべて頷《うなず》いた。

名残惜しくはあったが、シラヌイはアウラの手を放して立ち上がる。

振り返り、折れた左腕に右手をかざす。

「再生の炎《リバース・ファイア》」

火のように揺らめく赤い光が左腕を包み、消えた。

シラヌイは左腕を持ち上げ、指の開閉を繰り返した。

多少の痛みはあるが、動かすには問題ない。

再生の炎《リバース・ファイア》は、自己治癒力を一時的に高める術だ。代償として患部に強い熱感を覚えるために、他人に使用するのは難しいが、シラヌイにとって熱は祝福だ。

「ここで待っていてください」

背後のアウラにそう声をかけて、シラヌイは戦いの場へと舞い戻る。

ヤマは、初めに朱雀《すざく》を突撃させた時と同じように、呪晶石の傍《かたわ》らにいた。じっとうずくまっているようにも見える。

呪晶石から遠く離れられないという性質があるとはいえ、街は十分ヤマの行動範囲に入っているはずだ。

にもかかわらず、ヤマがシラヌイを追ってこなかったのは何故《なぜ》か。

呪晶獣の生態には不明な点が多い。個体差も大きいから断言できるものではないが、深刻なダメージを受けているから、というのが、シラヌイの見立てだ。

ヤマの全身は、今も焼け爛《ただ》れている。呪晶獣の中には、深手もたちまち治ってしまうような、驚異的な再生力を持つ個体もいるらしいが、ヤマはそうではないらしい。

ヤマがおもむろに顔を上げた。シラヌイの姿を認め、三つの眼《め》を見開く。

「決着をつけよう」

シラヌイは魔力を練って、術を編む。

「星光華炎《スターライト・エクスプロージョン》！」

星々の瞬《また》きの如《ごと》き光が降り注ぎ、爆《は》ぜる。

爆炎に吞《の》まれたヤマは、咆哮《ほうこう》をあげつつ巨体を仰《の》け反らせた。

「よし、いけるな」

シラヌイは確信する。

先程、左腕を治した時にも感じたが、魔力の調子が、かつてなく良い。これまでよりも強く、速く、練ることができた。

これはもう間違いなく、アウラのおかげだった。魔力の暴走を鎮《しず》めるために、アウラが自らの魔力を同調させてくれたことで、シラヌイの魔力が、本来以上に整えられたのだ。

（今ならば）

シラヌイは左右の手を顔の前で組んだ。

「世界よ、裁きの時がきた」

指の隙間から火が湧き出る。

「罪人は悔いよ。罪なき者も悔いよ。火は全てを等しく焼き払うだろう」

組んでいた手を、ゆっくりと離す。掌《てのひら》の間に、拳ほどの大きさの火球が浮かぶ。

シラヌイが両手を天に掲げると、その動きに合わせて、火球は天に上っていく。

「神々の怒り、今ここに放たれん」

シラヌイの遥《はる》か頭上で、火球は逆巻きながら大きく膨れ上がり、さらに色を変えた。赤から金に。

「終焉の炎《エスカトン・フローガ》！」

眩《まばゆ》く輝く金色の巨大火球が、燐光《りんこう》を振り撒《ま》きながら落ちてくる。

終焉の炎《エスカトン・フローガ》も、紅炎天焦《クリムゾン・フレア》と同じく、アウラとの決闘のために編み出した大魔術だ。しかし、アウラとの決闘の際には結局使わなかった。正確には、使わなかったのではなく使えなかったのだ。シラヌイの実力が、あの戦いの時点では、終焉の炎《エスカトン・フローガ》を使える域に達していなかった、というのがその理由だった。

しかし今、シラヌイの実力はアウラとの激闘を経て向上している。さらに、魔力はアウラのおかげでかつてないほどに整っていた。

今なら、というシラヌイの感覚は、間違いではなかった。

終焉《しゅうえん》の名を冠した金色の火球は、ヤマを呑《の》み込み、その傍《かたわ》らの呪晶石をも巻き込んで噴き上がった。

紅炎天焦《クリムゾン・フレア》が空を紅《あか》く染めたように、空が金色に染まる。

ヤマの咆哮《ほうこう》がミネルの丘に轟《とどろ》いた。それは怒号か、断末魔の絶叫か。

終焉の炎《エスカトン・フローガ》は、正真正銘、今、シラヌイが使える最大威力の魔術だ。

金色に輝く炎は神性を宿している。神性は、この世ならざるものに対して、特に有効に作用する。この世ならざるものとは、主に亡霊の類いだが、この世界の外から飛来した呪晶石に由来する呪晶獣もまた、この世ならざるものだ。

火柱が燐光《りんこう》に変わって消え、ヤマの姿が露《あらわ》になる。

異形は、身体《からだ》の左半分と、頭を失っていた。

バランスを欠いた巨体がぐらりと傾いて、生命感なく倒れた。

「勝った……」

シラヌイは大きく息を吐いた。

呪晶獣を――世界の敵を、一体ではあるが、倒した。

しかし。

ヤマの骸《むくろ》を、シラヌイは苦々しい表情で見つめる。

終焉の炎《エスカトン・フローガ》でさえも、呪晶獣を完全に焼き尽くせはしなかった。

勝った喜びよりも、呪晶獣の頑強さに辟易《へきえき》する気持ちのほうが強い。

シラヌイは、苦々しいまなざしを呪晶石に移す。

ヤマの骸《むくろ》の傍《かたわ》らに聳《そび》える極彩色の柱は、シラヌイの大魔術に何度も巻き込まれながらも、傷一ついてはいなかった。

呪晶獣も頑強だが、呪晶石はその比ではなかった。朱雀《すざく》の里の呪晶石にも様々な魔術を試し、わかっていたことではあるが、改めて、この世界の理《ことわり》を超えた存在だと痛感した。

「シラヌイさん」

背後からの声に、シラヌイは振り返る。

「アウラ」

「さすがは、わたしの旦那様です」

「あなたのおかげです。一人で戦うなどと豪語しておきながら、この様だ。まったく、情けない――」

歩み寄ってきたアウラが、立てた人差し指をシラヌイの口に添えて、それ以上の言葉を封じた。

「夫婦で力を合わせて勝った。それでいいじゃないですか」

微笑《ほほえ》むアウラに、シラヌイも笑みを返す。

「……そうですね。私たちは力を合わせて、世界の敵に打ち勝った。それを誇りましょう」

「はいっ」

アウラは嬉《うれ》しそうに頷《うなず》いた。

その笑顔に、シラヌイは救われた気持ちになる。

「アウラ。あなたに、贈り物があります」

「贈り物……ですか？」

シラヌイは朱雀《すざく》を召喚し、アウラを贈り物へと案内した。

街の上空を一息に越え、シラヌイは城の最上階のテラスに朱雀《すざく》をつけた。

まずシラヌイが朱雀《すざく》の背中からテラスへと飛び降り、

「アウラ、こちらへ」

「は、はい」

次いで、アウラが飛び降りた。

「このお城は……」

「ミネルの丘の領主のものです」

ミネルの丘の領主は、たしか、ベルリ帝国の、当時の大公だったはずだ。

シラヌイとアウラは並んで、街を見下ろす。

城は、ミネルの丘の東端に建っている。テラスからは街が一望できた。

陽《ひ》は西の稜線《りようせん》にかかり、街は橙色《だいだいいろ》に彩《いろど》られている。

「街も、この城も、綺麗《きれい》に残っていたんですね」

「ええ」

街は多くの家屋が形を残していた。そして、城も。

「アウラ。この城を、どう思いますか？」

シラヌイが振り返って訊《たず》ねると、アウラも倣《なら》って振り返り、城を見上げた。

「素敵なお城だと思います。真っ白な外壁が、とても綺麗《きれい》でした。まさに白亜の城って感じで」

「気に入ってもらえたのなら、幸いです」

シラヌイは右手をアウラの腰に軽く添え、左手で城を指し、言った。

「この城が、私からの贈り物です」

「えっ？」

「私一人の力で手に入れたわけではないので、私からの、と言ってしまうと語弊があるのですが」

「あ、あの、えっと……」

戸惑うアウラに、シラヌイは思いを口にする。

「私は、あなたを力ずくで妻にしてしまった。世界のためとはいえ、その事実は、ずっと私の心の重石《おもし》になっていました」

「重石《おもし》だなんて、そんな。わたしはシラヌイさんの妻になれたことを、嬉《うれ》しく思っています。誇りに思っています」

シラヌイは頷《うなず》く。

「あなたがそう言ってくれることはわかっていました。その言葉が偽りではないことも。これは私の身勝手な思いです。ただのわがままです。ですが、男の意地でもあるのです」

「シラヌイさん……」

「私は、私の思いを、形にしてあなたに贈りたい。それが、この城です」

「あ、あのっ、わたしっ、突然のことで、何て言えばいいのか……」

アウラはただただ困惑していた。

「シラヌイさんの気持ちはとても、とても嬉《うれ》しいのですが、こんな大きなものをいただいても、どうしていいものか……」

「一緒に暮らしましょう、ここで」

シラヌイの言葉に、アウラは目を丸くした。

「まずは、ふたりで。共に眠り、目覚め、時を重ねましょう。いずれは、子も共に」

「シラヌイさんとわたしが、ここで……」

改めて城を見上げ、うっとりと呟《つぶや》いたアウラは、何かに気づいて、「あっ！」と声をあげた。

「で、でも、わたしたちがここで暮らすようになったら、白虎《びゃっこ》の里も朱雀《すざく》の里も、頭領が不在になってしまいます」

シラヌイは首肯して、言う。

「私は、ここを、朱雀《すざく》の民と白虎《びゃっこ》の民が共に暮らす、新たな土地にしたいと考えています」

「えっ？」

「朱雀《すざく》の里は、二つの民が暮らすには、些《いささ》か手狭です。しかし、このミネルの丘なら、二つの民を合わせて、その数を十倍にしても余裕で暮らせるほどに広い」

「朱雀《すざく》の里を、捨てるのですか？」

「朱雀《すざく》の里は、朱雀《すざく》の民にとっても白虎《びゃっこ》の民にとっても大切な故郷。捨てはしません。若い衆から有志を募って、移り住むのです」

「……でも、いいのでしょうか。ここを、わたしたちの土地にしてしまって。ここはたしか、ベルリ帝国の領土だったはず」

アウラは胸の前で手を組み、面を伏せた。

「呪晶獣に支配された土地は、呪晶獣を討った者の土地になる。それが、呪晶石災害が始まって以来の、世界の不文律です。ヤマを討った私たちには、この土地に住む権利があります」

「それ、なら……」

アウラはおずおずと顔を上げた。

「ここを、わたしたちの新しい里に」

「国です」

シラヌイは言った。

「国を興《おこ》すのです」

アウラは目を丸くした。口もポカンと開いている。

「王妃になっていただけませんか？」

「王妃……？　え？　王妃……？」

「姫でなく申し訳ないのですが、王の妻は王妃ということになってしまいますから」

目を丸くしたまま、アウラは呆然《ぼうぜん》と呟《つぶや》く。

「国……シラヌイさんが王様で、わたしが王妃……」

「ブランに教えてもらいました。あなたがお姫様に憧れていると」

「えっ？」

アウラの反応に、シラヌイは小首を傾《かし》げる。

「……間違えていますか？」

「い、いえっ。お恥ずかしい話ではあるのですが、わたしは物語書を読むのが趣味で、特に『竜の国のアユリア』という物語が好きで、小さな頃から、何度も何度も読んでいます。アユリアという名前のお姫様が主人公のお話なんですけど、内気だけれど強い心を持ったアユリアがとても素敵で、魅力的で、わたしに名前が似ていることもあって、憧れていました」

「つまり、憧れの対象はアユリアという登場人物であって、お姫様になりたかったわけではないということでしょうか」

「お姫様になりたいと思ったことはありません。わたしはただただ、立派な頭領になって、みんなの期待に応えることだけを考えてきましたから」

「……そう、ですよね」

それは、シラヌイも同じだった。緋眼《ひがん》を持って生まれた者の務めとして、立派な頭領になる。他の生き方を考えたことはなかった。

「でも、お姫様になりたいと思ったことはなくても、お城に住んでみたいとは思ったんですよ」

アウラは微苦笑を浮かべて、城を見た。そして、

「アユリアが暮らしていたお城は、遠目にも白く美しい、白亜の城なんです。だから、このお城を見た時、アユリアのお城みたい、って思いました」

眩《まぶ》しそうに目を細めた。

「叶《かな》わないと思っていた夢がまた一つ、叶《かな》いました」

シラヌイに向き直ったアウラの目には、涙が浮かんでいた。

喜んでもらえたことに、シラヌイは安堵《あんど》する。

ようやく、夫として男として、妻のために、何かを一つ成せたように思う。

「うん……？」

シラヌイはアウラの言葉を反芻《はんすう》し、引っかかりを覚えた。

「また、と言いましたか？」

「はい」

「私は何か、アウラの夢を叶《かな》えるようなことをしていたのでしょうか」

「それは、もちろん」

アウラはシラヌイの胸に飛び込んで、言った。

「わたしを、あなたのお嫁さんにしてくれたことです」

「え……？　し、しかし、それは……」

「絶対に叶《かな》わない夢だと思っていました。いいえ、あまりにも遠い夢だったから、自分がそんな願望を抱いていることすら、気づいていなかったんです。でも、あなたは叶《かな》えてくれた」

アウラの細い腕に抱きしめられる。

「あなたはわたしに、たくさんのものをくれています」

「アウラ……」

アウラの抱擁に、シラヌイも抱擁で応じた。

(そうか。私は、ちゃんとアウラの夫になれていたんだな)

愛《いと》おしさが込み上げてくる。同時に、抱擁では足りないという思いも込み上げてきて、腕に力が入った。

服越しに伝わってくるアウラの身体《からだ》の温かさとやわらかさが、より生々しさを帯びた。

アウラの口からは、「んっ……」と悩ましげな吐息が洩《も》れた。

「い、痛かったですか？」

「いえ。シラヌイさんにこうして抱きしめられていると、頭も身体《からだ》も熱くなってきて……声が出ちゃいました」

　アウラのその言葉に、シラヌイの理性は崩壊した。

　人は死に瀕《ひん》すると生殖衝動が強くなるという。そう、書物で学んだ。

　呪晶獣という死の象徴のような存在と交戦した直後である自分は、かつてなく生殖衝動が強くなっている。ならば、理性を失ったとしても、それは致し方ないことだ、とシラヌイは心の中で自分に言い訳する。

「ア、アウラっ！」

　シラヌイはアウラを抱きかかえた。

「は、はいっ」

「私も、欲しいものがあります」

「な、なんでしょう」

「あなたです。私はあなたが欲しい。あなたの身も心も、全て」

　鼻息荒く、シラヌイは言った。

　アウラは顔を赤らめて、答えた。

「わたしの全部は、あなたのものです。どうか、あなたの望むままに」

「では、遠慮なく！」

　シラヌイはテラスから城内に入り、目についた部屋に飛び込んだ。

立派なテーブルと椅子。そして、天蓋付きの寝台。壁も床も瀟洒《しょうしゃ》に飾られている。城主か、あるいはその親族の寝室なのだろう。

シラヌイは、一脚の椅子の埃《ほこり》を払って、アウラを座らせた。

「用意をするので、待っていてください」

そして、シラヌイは寝台の準備に取りかかった。

長い年月で、敷物《しきもの》の類いはすっかり朽ちていたが、寝台そのものはしっかりしていた。敷物《しきもの》を片付け、寝台の埃《ほこり》を払う。

必死だった。

立派な城とはいえ初めてがこんな廃墟《はいきょ》というのはいかがなものか、という思いもあったが、頭の片隅に追いやった。

「用意ができました！　さあ、アウラ。最高の子作りをしましょう！」

シラヌイは上着を脱ぎ捨てて上半身裸になった。アウラに歩み寄り、気づく。

椅子に腰掛けたアウラは、目を閉じ、すーすーと安らかな寝息をたてていた。

「アウラ……？」

「な……っ！」

シラヌイは愕然《がくぜん》としつつも納得する。

アウラは、暴走していたシラヌイの魔力を鎮《しず》めるために力を使い果たし、疲れ切っていたのだ。

シラヌイはがっくりと膝から崩れた。

息を吹き返した理性が、諦めろ、と訴えてくる。

（ああ、わかっている）

と、心の声で答えたシラヌイは、アウラをそっと抱きかかえ、寝台に運んだ。

アウラは目を覚まさない。すっかり寝入っていた。

シラヌイは寝台に腰掛け、妻の寝顔を見つめる。

あどけなく、無防備な寝顔だった。

「シラヌイさん……」

アウラが寝言を口にした。

「愛して、います……」

シラヌイは笑い、妻を起こさないよう、小声で返した。

「私もです。愛しています。アウラ」


後日、シラヌイはカガリの屋敷《やしき》に、朱雀《すざく》と白虎《びゃっこ》、双方の重鎮を集めた。

朱雀《すざく》からは、シラヌイ、長老のカガリ、副頭のヒバリ。

白虎《びゃっこ》からは、アウラ、長老のフロロ、副頭のブラン。

カガリは着物をだらしなく着崩し、足を崩し、手には煙管《きせる》。その隣には、フロロが姿勢良く正座している。

カガリの対面にシラヌイが座し、アウラはその傍《かたわ》らにいる。

ヒバリはシラヌイから見て左前に、ブランは右前にそれぞれ座していた。

集った面々に、シラヌイはミネルの丘を支配していた呪晶獣を退治したこと、その土地に、朱雀《すざく》と白虎《びやっこ》、二つの民が、一つの民として生きていく国を作ろうと考えていることを伝えた。

「あっはっはっ！　子作りもまだだってのに国を作ろうってか！　こいつぁ傑作だ！」

カガリには大声で笑われ、

「坊やが王様か。偉くなったものだな」

フロロには鼻で笑われたが、反対はされなかった。

一方で、副頭のふたりは難色を示した。

「兄様、本気で言ってるの？　ミネルの丘って、元はベルリ帝国の領土だったんでしょ？　そこに国なんて作ったら、帝国が黙ってないんじゃ……」

「ベルリだけじゃありませんよ。ミネルの丘は、呪晶獣に支配されて以降は、北のベルリ、西のアスラム、南のドムド。三国の緩衝地帯になっていた土地です。アスラムやドムドからも睨《にら》まれることになりますよ」

ヒバリとブランが口にした懸念《けねん》は、当然のものだった。

国を作ることが容易ではないことは、重々、承知している。それでも、シラヌイが国を作りたいと考えたのには、もう一つ、理由があった。

その理由を、シラヌイは語った。

「私は、私たちが作る国を、大災厄で土地を追われた人々の、逃げ込み先にしたいと考えているのです」

来るべき大災厄。

シラヌイはアウラと子を生《な》し、その子を守り育てて大災厄に打ち勝つつもりではいるが、それでも降り注ぐ呪晶石によって多くの難民が生じることは、防ぎきれるものではないだろうと考えている。

難民の受け皿が必要だ。自分たちの国が、その一つになれはしないか。

シラヌイはアウラと目を合わせた。アウラは微笑《ほほえ》み、頷《うなず》いた。

アウラには、国を作るもう一つの理由も、事前に話していた。

アウラは快く賛成してくれた。そして今も、

「わたし、白虎《びゃっこ》の頭領アウラも、シラヌイさんの妻として、また七曜の賢者の一人として、国作りに賛成します。あらゆる協力を惜しみません」

シラヌイを後押ししてくれた。

賢者として。それは重要な視座だった。

シラヌイとアウラは、世界塔の巫女《みこ》から直々に、賢者に任じられていた。それも、ただの賢者ではない。大災厄に於《お》いて世界防衛の要になる、七曜の賢者だ。

七曜の賢者であれば、大災厄に向けてできうる限りの準備をするのは、責務だった。

「まあ、おまえたちの好きなようにやってみな」

「坊やたちにどこまでできるのか、見せてもらおうじゃないか」

「アウラさんがそう言うなら……。うん、わかった。あたしも協力するよ！」

カガリとフロロは、シラヌイとアウラの判断に任せるという姿勢。難色を示していたヒバリも協力を約束してくれたが、ただ一人ブランだけは、

「僕は反対ですよ。事が大きすぎる。白虎《びゃっこ》と朱雀《すざく》、双方の民を危険な目に遭わせるかもしれないってことを、もっと重く考えてくださいよ」

反対の姿勢を崩さなかったが、そんなブランに、シラヌイは感謝した。

「ありがとう、ブラン。君の指摘はもっともだ。どうかこれからも、白虎《びゃっこ》の民と朱雀《すざく》の民の安全を最優先に考え、私を諫《いさ》めてほしい」

「……それって、けっこう嫌な役目なんですけど」

「だからこそ、君にお願いしたいんだ」

「……わかりましたよ」

ブランは小さく舌打ちしつつも、了承してくれた。

「お願いね、ブラン」

「任せて、姉さん。里のことは何も心配いらないから、姉さんは立派な国を作ってよ」

シラヌイには舌打ちを。アウラにはいかにも好青年風なさわやかな笑みを。

ブランの態度はブレないが、そのブレないところが逆に信頼できる、とシラヌイは思っている。

「で、国の名前は？」

だらしなくはだけた胸元をボリボリと搔《か》きつつ、カガリが訊《き》いてきた。

シラヌイは姿勢を正す。

国の名前は、考えてあった。

厳かに、シラヌイはその名前を口にする。

「アウラリア」

深呼吸を一つ挟んで、シラヌイは繰り返す。今度は、由来を添えて。

「アウラリア。私が、この世で最も愛《いと》しく、尊い人の名を冠しました」

第四話

絵に描いたような青い空の下、シラヌイは眼前に聳《そび》える呪晶石《じゅしょうせき》を眺めていた。

天にまで届くほどに巨大なそれは、白い陽射《ひざ》しを浴びて輝いている。ただし、美しくはない。

美しいとは到底思えない。ただただ嫌悪《けんお》感だけがある。

(いつか、必ず消し去ってやるからな)

シラヌイは、朱雀《すざく》の里の呪晶石に対して日々思っていたことを、ここ、アウラリアの呪晶石を前にしても思うのだった。

シラヌイが、アウラリア王国の建国を宣言してから一月。

開拓は、少しずつだが確実に進んでいた。

シラヌイは、朱雀《すざく》と白虎《びゃっこ》、双方の民に諸々《もろもろ》の説明を行い、移住の希望者を募った。

朱雀《すざく》の里からは三十名。白虎《びゃっこ》の里からは二十名。合計五十名が手を挙げた。これは、シラヌイの予想を上回る数だった。

寒冷地で暮らしていた白虎《びゃっこ》の民には元々、新天地への移住を希望していた者が少なくなかった。一方、環境的に恵まれていた朱雀《すざく》の民の中にも、里の外の世界に憧れを抱いていた者が少なからずいたのだった。多くが若者だ。

新天地に憧れていた彼らは、よく働いてくれている。朱雀《すざく》の里から食糧と物資を運び、家屋を修繕し、畑を耕す。城の修繕も始まっていた。家屋が多く残っていたのは幸いだった。湖沼《こしょう》も多く、水に困ることもない。つくづく、良い土地を手に入れられたと思う。

困っていることがあるとすれば、アウラと一緒に過ごす時間が思うように取れていないことだった。

シラヌイには朱雀《すざく》、アウラには白虎《びゃっこ》という、それぞれ優れた足がある。その足を生かして、シラヌイとアウラは主に物資の搬送を担《にな》っているのだが、朱雀《すざく》と白虎《びゃっこ》では速度も行路も異なるために、一緒にはいられないのだった。

今も、シラヌイがアウラリアに到着する少し前に、アウラは白虎《びゃっこ》を駆って朱雀《すざく》の里へと向かったところだという。こうした入れ違いが、一月の間、続いていた。

一緒に時を過ごせなければ、当然、子作りにも至れない。

「せっかくの愛の巣が、これでは意味がない……」

ため息交じりに城を振り返ったシラヌイは、思わず、「うわっ！」と声をあげた。

人が立っていたのだ。

薄紅色の長い髪に黒いベールを被《かぶ》った、藍色の装束の女。

「リ、リーリエ殿」

「ご無沙汰しております、シラヌイ様」

世界塔の使者は、たおやかに一礼してみせた。

いつの間に背後に立たれていたのか、まったく気づけなかった。目の前にいる今も、まるで幽鬼のように気配がない。

「この度は、建国おめでとうございます」

「……！　耳が早いですね」

建国を宣言したといっても、今のところは朱雀《すざく》の民と白虎《びゃっこ》の民に対してのみで、対外的な宣言は、まだ行ってはいない。にもかかわらず、世界塔はシラヌイが国を興《おこ》したことを既に把握していた。

（さすが、世界塔といったところか）

なにしろ、世界塔は未来を予知する巫女《みこ》を擁する組織だ。何をどこまで知っていたとしても不思議ではない。

「巫女《みこ》が、お祝いを述べたいと申しております」

言って、リーリエは腰帯から例の鏡を取り出し、鏡面を上に向けた。

中空の景色が揺らめいて、目を閉じた少女の姿が浮かび上がる。

大陸では珍しい金色の髪。ゆったりとした白い装束。丸い額が何かしらの明かりを受けて光っている。

「巫女様《みこ》」

世界塔の巫女《みこ》グリグリが、ゆっくりと目を開けた。

空色の瞳がシラヌイを捉える。

「なーにをやっとるんじゃ、おぬしは！」

「は、はい？」

「儂《わし》はおぬしに何を作れと命じた⁉　子じゃ！　子を作れと命じたのじゃ！　なのになんじゃ、おぬしは！　子ではなく、国を作ってどうする⁉」

「うぐっ」

開口一番、叱責された。

（話が違うじゃないですかっ！）

シラヌイはリーリエに目で抗議した。世界塔の使者は、特に悪びれた様子もなく、にっこりと笑顔を返してくる。

「何故に、まだ子ができておらぬのじゃ」

「こ、子というものは授かり物ですから。時間がかかることもあります」

「それは、せっせと子作りに励んでいる者の台詞《せりふ》じゃ。おぬしの場合、やることをやっておらぬじゃろうが」

「……！　そ、そんなことまで把握されているのですか⁉」

「やはり、まだ手を出しておらなんだか」

「うぐっ」

カマをかけられたことに気づいて、シラヌイは呻《うめ》いた。

「この根性なしめ。妻といたすのに、何を躊躇《ためら》うことがある」

巫女《みこ》は容赦がなかった。

「い、色々あるのです」

「ないわい」

「い、今も妻とはすれ違う時間が多く」

「まったく会えんわけでもなかろう。子作りなんて、ガッとぶち込んで、ビャッとぶちまけりゃええんじゃ。時間なんてかからんじゃろ」

「巫女《みこ》、下品ですよ」

リーリエが巫女《みこ》を諫《いさ》める。

「ふん。世界の命運がかかっておるのじゃ。下品にもなる。して、おぬしは何をそんなに躊《ちゅう》躇《ちょ》しておるのじゃ」

「そ、それは……。実は、妻は男女の営みに関する知識が乏しく、どうすれば子ができるのかもわかっていないのです。それで、私も――」

「痴《し》れ者め！　恥を知れい！」

シラヌイを遮って、巫女《みこ》が吠《ほ》えた。

「自らの根性のなさを、妻のせいにするでないわ！　無垢《むく》な妻を俺色に染める。男の本懐じゃろがい。それができぬというのは、ただただ、おのれに根性がないだけじゃ！」

巫女《みこ》はもう本当に容赦がなかった。

「結局、おぬしのような頭でっかちは、実践できておらぬことには二の足を踏んでしまうということじゃな」

「仰《おっしゃ》るとおりです……」

シラヌイはぐうの音も出ない。

世界塔の巫女《みこ》とはいえ、見た目幼い少女に男としての不甲斐《ふがい》なさを責め立てられるのは、なかなかにくるものがある。

「やむをえまい。リーリエ、相手をしてやれ」

「かしこまりました」

リーリエは地面に薄布を一枚敷くと、その上に巫女《みこ》を映し出している鏡を置いた。

「？　リーリエ殿、何を？」

「シラヌイ様」

リーリエはシラヌイに歩み寄りながら、自らの装束の襟に手を掛け、二の腕のあたりまで下ろして、胸元をはだけさせた。

「さあ。どうぞ。私で、子作りの練習を」

「いや！　いやいやいやいやいや！　意味がわかりません！」

「未経験だから緊張するというのであれば、経験を積んでおけばよいのじゃ」

「シラヌイ様、遠慮なく」

リーリエは、さらに露出を高めながら歩み寄ってくる。

必死に顔を背けるシラヌイだが、視線だけが勝手に胸元にいってしまう。

肌の白さも艶も、胸に実った二つの果実のたわわさも、リーリエのそれはアウラに引けを取っていない。

「いけません、リーリエ殿！　こんなことは、下品……そう、下品なことではないのですか!?」

「男女が睦《むつ》み合うことは、決して下品なことではありませんわ。ただ――」

後じさるシラヌイだったが、リーリエはふわりとした足取りながらも、しかし一瞬で、懐《ふところ》に飛び込んできた。

そして、リーリエはシラヌイの耳元で囁《ささや》いた。

「下品なのも、私は好きですよ」

温かな吐息に耳を撫《な》でられたシラヌイは、

「ふぉぉぉぉぉぉぉぉぉぉっ！」

素っ頓狂な悲鳴をあげつつ後ろ方向に走り、呪晶石に後頭部と背中をぶつけた。

「私には妻が！　愛する妻がいるのです！　どうか、どうか、どうかご勘弁を！　不貞、ダメ、絶対！」

「あらあら。少々刺激が強すぎたようですよ、巫女《みこ》」

リーリエは、特に気を悪くした風もなく、それどころか楽しげに笑いつつ、着衣を整えた。

「まったく、根性のない奴《やつ》じゃの。くっくっくっ」

巫女《みこ》が呆《あき》れたような物言いをしつつも笑っているのに気づいて、シラヌイは自分がからかわれていたことを理解した。

「か、からかわないでくださいっ！」

ふん、と巫女《みこ》グリグリは鼻を鳴らした。

「おぬしが妻にさえ手を出せぬ根性なしなのは事実じゃろがい。発破をかけてやったのじゃ。感謝するがよい。くっくっくっ」

（やっぱり、からかってるだけじゃないか！）

シラヌイは心の中で再度抗議する。

「すみません、シラヌイ様。巫女《みこ》の悪ふざけとわかってはいたのですが、つい、乗ってしまいました」

「リーリエ殿。もし、万が一、私がその気になっていたら、どうするつもりだったのです」

「あら。シラヌイ様がその気になっていただけるのでしたら、私はいつでも」

リーリエは再び装束の襟に手を掛ける。

「なりません！　決してその気にはなりませんから！　脱がないでください！」

「冗談です」

リーリエは邪気なく笑った。

（この女性には、こんな一面もあったのか）

底知れない女性だとは思っていたが、その認識を、シラヌイはさらに強くした。

「まあ、あれじゃ。大の男を説教するばかりでは忍びない。一つ、褒めてやろうかの。リーリエ」

「はい」

リーリエが、巫女《みこ》を映す鏡を再び抱え持った。

「火の賢者、シラヌイよ」

尻餅をついた格好だったシラヌイは、立ち上がり、宙に映る巫女《みこ》の姿の前で片膝をついた。

「よくぞ、呪晶獣より土地を取り戻してくれた」

「はっ」

シラヌイは深く頭《こうべ》を垂れた。

「しかも、国を作ってしまうとはな。些《いささ》か驚かされたが、来るべき大災厄への備えとしては悪くない」

シラヌイが国を作った意図も、巫女《みこ》にはお見通しらしい。

「しかし、ミネルの丘は肥沃な土地じゃ。そこに国を建てたとなれば、荒事の種にもなろう。呪晶石が飛来する以前より、人の最大の敵は人じゃ。努《ゆめ》、忘れるでないぞ」

「心得ております」

「ならば、よい。国の名はなんという」

シラヌイは面を上げて、答える。

「アウラリアでございます」

「妻の名を冠したか。そこまで妻を想《おも》うておるなら、さっさと子を作れい」

「は、はい。必ずや」

うむ、と鷹揚《おうよう》に頷《うなず》いて、巫女《みこ》グリグリは言った。

「世界塔は、アウラリアの建国を祝福する」


魔女。

彼女はそう呼ばれていた。

畏怖の念に由来する呼び名ではあるが、侮蔑の意味合いを含んでもいることを、彼女は知っている。

メイア・シェリーシュタイン。十八歳。

彼女には、魔女の他にもう一つ、呼び名があった。そちらは歴《れっき》とした肩書きだ。

ベルリ帝国。宮廷魔術師長。

自室にて、メイアは職務に赴くための準備を整える。

文官用の礼服の上に、マントを纏《まと》う。宮廷魔術師長に任命された際に、皇太子より贈られたそれは、黒を基調としつつも華美にはならない程度に装飾が施されている。美しさと威厳を兼ね備えてはいるのだが、メイアの体格には些《いささ》か大きい。皇太子は採寸が合っていなかったことを詫《わ》び、作り直すと言ってくれたのだが、メイアはこれを固辞した。国費を無駄に使わせたくなかった、という思いもあるが、個人的な心情によるところが大きい。

灰色の長い髪を適当に束ね、帽子を被《かぶ》る。マントと同色の、つばの広い三角帽。こちらは亡《な》き父であり先代の宮廷魔術師長からの贈り物だった。

最後に、先端に青金剛石《ブルー・ダイヤモンド》が煌《きら》めく杖《つえ》を手にして、メイアは自室を出た。向かう先は、皇帝の執務室。

胸を張って歩いても、体格に合っていないマントはどうしても裾を引きずってしまう。帽子もぶかぶか気味で、前が見えなくなることもしばしばだった。

メイアは小柄だった。肉付きも薄く、私服で街に出ると子供と間違われることも珍しくはない。

しかし、宮殿に於《お》いては、すれ違う貴族も官吏も、皆、一様に怖《おそ》れの色を表情に滲《にじ》ませて、彼女に頭《こうべ》を垂れる。

誰もが魔女を怖《おそ》れている。

皇帝の執務室の前には、衛士が二人。メイアの姿に気づいた彼らは、恭《うやうや》しく一礼し、

「宮廷魔術師長がお見えです」

一人が、扉をノックして中に声をかけた。

「入れ」

中からそう返事があると、もう一人が扉を開け、メイアを促した。

メイアはずり落ちていた帽子を直し、入室した。

皇帝の執務室は、広くもなければ調度品も最低限のものしかない。華美よりも質実剛健を好む皇帝の人柄が反映されたものだ。

しかし今、机で書面に向き合っているのは、皇帝その人ではない。

「やあ、メイア」

書面から顔を上げた青年が、優しい声音でメイアの名を呼んだ。

「殿下。お知らせしたいことがあり、参じました」

「うん」

やわらかく頷《うなず》いた青年の名は、アルフレド・ベルリ。ベルリ皇帝ザシオンの第一子にして皇

太子である。年齢はメイアより一つ上の十九歳。全名はアルフレド・ウィリアム・フォン・ベルリ。

「聞かせておくれ」

メイアに向けられたまなざしは、優しい。

メイアに対してだけではない。彼は常に、誰に対しても優しい。貴族にも平民にも。女にも男にも。老人にも子供にも。

亡《な》き皇妃に似た面差しは、佳麗。髪色は、こちらも母親に似たなめらかな金色。絵に描いたような王子様といった容貌と、容貌に見合ったやわらかな物腰は、貴族の娘たちや女官たちからは羨望《せんぼう》の的になっている。その一方で、武官たちからは「女顔」「なよなよしている」と侮《あなど》られていることを、メイアは知っている。

「ミネルの丘の呪晶獣ヤマが討伐されたという噂《うわさ》が、事実であることが確認されました」

「本当かい？　一体、誰が……」

「朱雀《すざく》の民の頭領のようです」

「朱雀《すざく》の民というと、たしかイーヴ山林で暮らしている火の魔術を得意とする部族だったね」

「はい。長く、イッサ氷霊地帯の白虎《びゃっこ》の民と抗争を続けていましたが、最近になって和睦したようです」

「つまり、今の頭領は長年続いていた対立に決着をつけたわけだね。たいしたものじゃないか」

「感心している場合ではありません！」

アルフレドの暢気《のんき》とも言える物言いに、メイアは杖《つえ》先で床を叩《たた》いた。

「今代の朱雀《すざく》の頭領と白虎《びゃっこ》の頭領は、それぞれ精霊眼を持っているそうです。呪晶獣ヤマが討伐されたという事実から鑑《かんが》みても、一軍以上の戦力を有した魔術師たちであることは疑いようがありません」

「精霊眼の持ち主は百年に一人現れるかどうか、といったほどに希有《けう》な存在だったはず。それが、同じ時代に二人も現れるなんて」

「彼らは、ミネルの丘に国を作ろうとしているようです」

「国？」

「斥候の報告によると、現時点ではまだ、五十人程度の集落のようですが、侮《あなど》れません」

「しかし、彼らがミネルの丘を解放したのであれば、あの土地は彼らのものだ。国を作ったとしても――」

「甘い！　甘いです、殿下！」

メイアはアルフレドの言葉を遮って、彼の鼻先に杖《つえ》を突きつけた。

宮廷魔術師長の立場にあるとはいえ、皇太子に対して無礼千万な行為だが、アルフレドとメイアの関係は、主従であるのと同時に幼なじみでもあった。

宮廷魔術師長であったメイアの父が、アルフレドの教育係も務めていたことから、幼い頃から同じ時間を過ごすことが多かったのだ。

「呪晶獣すら打ち倒すほどの力を持った魔術師が、我が国のかつての領地に国を建てたのですよ！　これは、殿下に……いえ、帝国にとって、大きな脅威です！」

「……メイア。君は、何を考えているんだい？」

「彼らを排除します。脅威の芽は、早い内に摘むべきです」

アルフレドは両肘を机に立てて手を組んだ。

「……彼らは、呪晶獣から土地を解放してくれた英雄だ」

「歴史に詳しい殿下なら、英雄と称されながら侵略者となった者を数多《あまた》知っているはずです」

「しかし……」

宮廷魔術師長の進言に、皇太子は難色を示している。

メイアは、退《ひ》かない。

「これは好機なんです、殿下。かつての領地を取り戻したとなれば、あなたを侮《あなど》る者たちを黙らせることもできましょう！」

口走って、メイアは「しまった」と思った。

「……僕のため、ということか」

アルフレドは勤勉で聡明《そうめい》だが身体《からだ》が丈夫ではなく、昔は床に伏せっていることが多かった。

ここ数年は健やかに過ごしてはいるのだが、貴族や官の中には、アルフレドが皇帝の座に就くことに対し不安を示し、アルフレドの二つ下の弟、マリクを次の皇帝に推挙する者もいた。

皇太弟マリクはアルフレドとは対照的に幼少期から頑健で武勇にも優れ、武官からの支持を集めている。

(次の皇帝になるべきはアルフレド様だ!)

アルフレドがミネルの丘を取り戻せば、大きな功績になる。皇太子を軽んじ、弟を支持する不届き者たちを黙らせることができる。

しかし、アルフレドが荒事を好まないことを、メイアは誰よりも知っていた。

もっと上手《うま》く説得するつもりだったのに、つい本心が口をついて出てしまった。

「そうです、アル! あなたのためです! ひいてはそれが帝国のためになると、私は信じています」

アルフレドは目を閉じ、眉間に皺《しわ》を寄せた。そして、しばしの沈黙の後に、

「……勝算は、あるんだね?」

目を開け、言った。

「無論です」

なにしろ相手は呪晶獣ヤマをも上回る化け物だ。無闇に兵を差し向けたところで、どうにかできる相手ではない。

「化け物には化け物をぶつけるまでです」

「……わかった。宮廷魔術師長メイア・シェリーシュタイン。皇太子が命じる。ミネルの丘を占拠した危険分子を排除せよ。我らが領地を取り戻せ」

メイアは左手で作った握り拳を自分の胸に宛がい、深く頭《こうべ》を垂れた。

「このメイア。帝国と皇太子殿下に、必ずや勝利を」


（まだかまだかまだかまだかまだか）

街外れの呪晶石の傍《そば》を、うろうろと落ち着きなく歩きながら、シラヌイはその時を待っていた。

アウラと会える時を。

世界塔の巫女《みこ》グリグリから叱咤《しった》と祝福を受けてから数日。相変わらず、アウラとはすれ違いが続いていた。

まったく会えていないわけではないが、一緒に過ごす時間が、圧倒的に足りていない。

シラヌイには、それが耐えられなかった。

できうることなら四六時中、アウラの美しい顔を眺めていたい。声を聞いていたい。ただただ一緒にいたい。そう思うほどに、シラヌイはアウラにぞっこんになっていた。

会いたい。会えないのが辛《つら》くてもどかしい。

アウラは白虎《びゃっこ》の里に保存食やら薬やらを取りに行っているが、予定では今日の昼前にはアウラリアに戻ってくることになっている。

シラヌイは一つの決心をしていた。今日はもう、アウラをどこにも行かせない。ふたりの愛の巣たる城で、夜を共にする。子作りに励む。

(まだか)

シラヌイは草原の彼方《かなた》、地平線を睨《にら》む。

ふと、大気に宿る精霊たちが、さざ波のようにかすかに揺れ動くのを感じた。

「来る……!」

ややあって、地平線に影が見えた。

初め小さな点だったそれは、次第に大きさを増し、輪郭が見て取れるまでになった。

大型の獣、白虎《びゃっこ》だ。

草原を駆ける白い虎の背に、待ち人の姿を認めたシラヌイは、

「アウラ!」

待ち人の名を叫んで駆け出した。一瞬でも早く、アウラの顔が見たかった。

「シラヌイさん?」

シラヌイに気づいたアウラが、白虎《びゃっこ》の速度を落とし、停止させた。

「わざわざ、出迎えに?」

「少しでも早くアウラに会いたくて、来てしまいました」

「まあ」

アウラは白虎《びゃっこ》の背から降りて、シラヌイの前に立った。

「わたしも、シラヌイさんに早く会いたくて、白虎《びゃっこ》を急《せ》かしたんですよ」

そして、屈託なく笑った。

見たくてたまらなかった妻の笑顔を目《ま》の当たりにして、シラヌイは打ち震えた。

「アウラ……」

会えたら話したいことはたくさんあったはずなのに、いざ目の前に本人がいると何も言葉が出てこない。

「不思議ですね」

アウラが言う。

「ほんの数日会えなかっただけなのに、まるで何年かぶりみたいに思えてしまいます」

「ええ、本当に」

アウラの言葉に、シラヌイは心から同意した。

「アウラ、今晩は……」

「お城に泊まりたいと思っています。シラヌイさんは？」

「私も、今晩は城に」

「よかった！」

アウラはぽんと手を合わせた。

「なら、今夜はシラヌイさんにたくさん甘えられますね」

「は、はい。思う存分甘えてください。それで、その、私も……」

「はい。シラヌイさんも、わたしに甘えてください。わたしたちは夫婦ですから、いっぱい甘え合いましょう？」

「……っ！」

シラヌイはアウラを今すぐに抱きしめたい衝動にかられた。

（抱きしめろ！　抱きしめていいんだ！　私たちは夫婦なのだから！）

シラヌイは中途《ちゅうと》半端《はんぱ》に持ち上げた手をわななかせる。

「ア、アウラ。抱きしめてもかまわないだろうか？」

躊躇《ちゅうちょ》する必要はない、とわかっていながらも訊《たず》ねてしまう。それがシラヌイという男だった。

「はい。どうぞ」

アウラはシラヌイを見上げ、微笑《ほほえ》む。

「では、遠慮なく」

抱きしめるべく、アウラの背中に手を回そうとしたその時、かすかな振動音がシラヌイの耳に届いた。

音の聞こえたほうに、シラヌイは顔を向ける。アウラも同じほうを見た。

遠くに二つの影が見えた。近づいてくる。

馬だ、ということはすぐにわかった。それぞれ、背に人を乗せている。

「シラヌイさん、あれは……」

シラヌイは眉間に皺《しわ》を刻んだ。いい予感はしない。

まっすぐ向かってきた二つの騎影は、シラヌイとアウラの前で停《と》まった。

旅人が使う馬ではない。明らかに軍用の馬だった。乗っているのはどちらも三十路《みそじ》前後の男。同じ隊服と、その上にマントを身につけている。マントには、伝説の神獣、竜を模した紋章が刺繍《ししゅう》されている。ベルリ帝国の紋章だ。

馬を降りた男たちは、半ば睨《にら》むような目でシラヌイとアウラを見た後、互いに顔を見合わせ、小さな声で短い言葉を交わした。

「緋眼《ひがん》だ」「女は氷眼《ひょうがん》」

シラヌイの耳は、男たちの言葉をしっかり拾っていた。

「この地の呪晶獣を討伐した朱雀《すざく》の頭領、並びに白虎《びゃっこ》の頭領とお見受けするが、相違ないか」

男の一人、彫りの深い髭面《ひげづら》の男が言った。

「先に名乗るのが礼儀ではないか」

シラヌイの返答に、髭面《ひげづら》の男は面白くなさそうに目許《めもと》を歪《ゆが》めた。

「これは、失礼を」

もう一人の、金髪の優男が一歩前に出て口を開いた。

「我々はベルリ帝国の使者。この地を解放した英雄を、お招きに上がりました」

「たしかに、私が朱雀《すざく》の頭領シラヌイだ。彼女は白虎《びやっこ》の頭領アウラ。私の妻でもある。この地の呪晶獣を討伐したのが私たちであることも間違いない。私を招いているというのは、どちらの御仁か」

金髪の優男と髭面《ひげづら》の男は再度顔を見合わせ、金髪の優男がシラヌイの問いに答えた。

「皇太子殿下が、ミネルの丘解放の英雄とお会いし、親交を深めたいと」

皇太子。たしか、ベルリ帝国は皇帝が病床に伏せっており、皇太子が名代を務めているという噂《うわさ》を聞いたことがある。

(ベルリ帝国が接触を図ってきたか)

予想していた事態ではあった。ミネルの丘が解放された以上、近隣国が黙っているはずもない。元々、ミネルの丘はベルリ帝国の領土だったのだから、最初に接触してきたのがベルリ帝国というのも当然ではあった。

ベルリ帝国は、かつては大陸の東側の大部分を支配していた大国だった。しかし、呪晶石災害が発生して以降、領地の多くを失って国力は衰退し、現在では大陸の北東部のみを支配するに留《とど》まっている。そんなベルリ帝国からすれば、大陸の西と南への足がかりとなるミネルの丘は喉から手が出るほど欲しい土地だろう。

アウラリアの王として、安易に土地を譲り渡すつもりはない。とはいえ、いたずらに敵対するつもりもない。

シラヌイが求めているのは友好と協調だ。

向こうからそれを求めてくるというのであれば、無下に断る理由はない。

「ご招待にあずかろう。私としても、皇太子殿下にご挨拶したい」

「シラヌイさん」

アウラが心配そうな声で言った。

「わたしも一緒に」

「奥方はご遠慮いただきたい」

髭面《ひげづら》の男が、横柄《おうへい》に腕組みして言った。金髪の優男が、言葉を補う。

「あなた方は、あの呪晶獣ヤマを討伐せしめたほどの魔術師。そんな途方もない力を有する方を一度にふたりもお招きするのは、恐ろしいのです。どうか、ご理解いただきたく」

シラヌイは頷《うなず》く。

「承知した。皇太子殿下には、私一人で会う」

「シラヌイさん……」

不安がるアウラの肩に手を置いて、「心配無用です」、シラヌイは小さく笑いかけた。

アウラリアからベルリ帝国の帝都ベルリウスまでは、馬の足で七日。朱雀《すざく》を飛ばせば二日とかからないが、使者を置き去りにするわけにもいかない。

旅の準備を簡素に整えて、その日の昼前に、シラヌイはアウラリアを発《た》った。

移動の手段は使者に合わせて馬だ。といっても、シラヌイの馬はただの馬ではない。

「炎の馬《フレイム・ホース》」

シラヌイはその身を炎で成す馬を魔術で生み出し、騎乗した。

シラヌイが独自に編み出した魔術だった。燃える馬の姿をしているそれは、実際には火の下位精霊である火蜥蜴《サラマンダー》を召喚し、陸上を走るのに適した馬の姿形を与えたものだった。

ふたりの使者は火蜥蜴《サラマンダー》を馬に変えたシラヌイの魔術師としての技量に、目を瞠《みは》っていた。

シラヌイが呪晶獣を倒した魔術師だと知ってはいても、実際に実力の一端を目《ま》の当たりにすると驚かずにはいられなかったのだろう。

彼らはただの兵ではなく魔術師だ。魔力でわかる。帯剣してはいるが、いずれも儀礼用の細剣《レイピア》であることから、彼らの戦闘の手段が剣でないことが窺《うかが》える。

金髪の優男はレイル、髭面《ひげづら》の男はウードと名乗った。

移動中、ウードがシラヌイに話しかけてくることはほとんどなかった。たまに目が合うと厳《いか》めしい顔で睨《ね》めつけてくる。レイルのほうは度々話しかけてきたが、低姿勢なようでいて言葉の端々にシラヌイを化け物扱いするようなニュアンスが滲《にじ》んでおり、シラヌイに対して良い感情を持っていないことは明らかだった。

アウラリアを発《た》って三日目。シラヌイを先導していた使者たちは、帝都ベルリウスに続く街道を外れた。

「ベルリウスまでは街道を行くのが最短で安全な道筋では？」

シラヌイの問いに、金髪の優男レイルが答えた。

「実は、皇太子殿下は今、セシリア湖畔の別邸におられるのです。英雄殿はそちらにご案内するよう仰《おお》せつかっております」

髭面《ひげづら》の男ウードが、続けて言った。

「ベルリウスに向かうとは一言も言っていないはずだが？」

たしかに、彼らは皇太子の許《もと》に案内するとは言ったが、目的地がベルリウスだとは言っていなかった。

「おまえのような化け物を、帝都に連れてゆけるものか」

ウードは言葉を選ばない。

（化け物か……）

化け物呼ばわりされていい気はしないが、シラヌイがその気になれば帝都を火の海にできるのも事実だった。

帝国でシラヌイに太刀打ちできる者がいるとすれば、宮廷魔術師長だろうか。

（ベルリ帝国の宮廷魔術師長は、賢者級の実力者だと聞いているが）

無論、シラヌイに帝国と敵対するつもりはない。今も、友好関係を築くために皇太子に会いに向かっているのだ。

街道を外れて一日、昼の前に、シラヌイたちはセシリア湖にたどり着いた。

湖畔には、白く大きな居館が見えた。

「あれが、皇太子殿下の別邸です」

セシリア湖を横目に、シラヌイは進む。

セシリア湖の湖面は雲を映すほどに透明度が高く、美しい。美しいが、シラヌイは嫌な気配を感じた。

居館の前まで案内されたシラヌイは、炎の馬《フレイム・ホース》を降りた。炎の馬《フレイム・ホース》は火の粉に変わって消えた。

ふたりの使者も、馬を降りていた。

「長旅、ご苦労様でした。英雄殿」

レイルが言った。

彼は黒みがかった金属製の鐘を手にしていた。それが何らかの魔術具であることは一目でわかった。

レイルは不敵な笑みを浮かべて鐘を鳴らす。

澄んだ金属音に続いて、ゴポゴポという水音が聞こえた。

シラヌイはセシリア湖に視線を向ける。湖面が泡立っていた。

泡立ちは激しさを増し、水中からそれが姿を現した。

頭が膨らんだ巨大な蛇だ。思考も感情も窺《うかが》えない眼《め》を見開いて、陸に上がってくる。

胴体からは、体軀《たいく》に対して歪《いびつ》なほどに太い足が四つ生えていた。

無論、それはただの蛇でもなければ蜥蜴《とかげ》でもない。魔獣だ。

「バジリスクか」

先ほどから感じていた嫌な気配はこの魔獣のものか、と思う一方で、違和感もあった。

「さすがは英雄殿。魔獣にもお詳しいようだ」

「皇太子殿下はここにはいない。あんたには、ここでバジリスクの餌になってもらう」

シラヌイは首の後ろをさすりながら、

（やはり、こうなったか）

小さく嘆息した。

予想していた事態ではあった。ベルリからの使者がシラヌイだけを招待し、アウラの同行を認めなかったのは、ふたりを引き離すためだろう。

「やれ、バジリスク」

レイルが鐘を激しく鳴らすと、バジリスクが襲いかかってきた。

（あの鐘で操っているのか。魔獣を操るとなると、相当に難しい魔術のはずだが）

シラヌイは思考を巡らせながら、大きく跳び退《の》いた。

バジリスクの初手は、その巨体を生かしたのしかかりだった。

地が震え、割れるほどの衝撃があった。

（バジリスクにしてはずいぶん巨大だな）

バジリスクは湿原に棲息《せいそく》する魔獣だ。人一人を丸呑《まるの》みにできる程度の大きさはあるはずだが、目の前の個体は人一人どころか三、四人まとめて呑《の》み込めそうなほどに巨大だ。

「紅蓮の矢《ファイア・ボルト》」

起き上がったバジリスクに、シラヌイの放った炎の矢が突き刺さる。

巨体が燃え上がる——ことはなかった。突き刺さったかに見えた炎の矢は、バジリスクの体皮を覆う粘液に阻《はば》まれて、消えてしまった。

「バカめ！　バジリスクの耐火能力を侮《あなど》ったな！」

ウードが歓声をあげた。

「侮《あなど》ってはいないさ」

シラヌイは怒りも狼狽《うろた》えもしない。

バジリスクの皮膚粘液が高い難燃性を持っていることは知っている。軽い攻撃で、実際にどの程度のものなのかもわかった。

　バジリスクが首をもたげ、大きく口を開けた。

（石化毒液か）

　バジリスクの吐く毒液は、浴びた生き物を石化させるという。生き物を石にして丸呑《まるの》みにする。それがバジリスクの狩猟方法だ。

（させはしない。火の精霊よ）

　シラヌイの周囲に無数の火球が浮かび上がった。その数、三十。

「火炎球《ファイアー・ボール》！」

　三十個の火炎球《ファイアー・ボール》が、毒液を吐く間も与えず、バジリスクを襲った。

　炎の華が咲き乱れ、轟音《ごうおん》が連鎖的に響き渡る。

　バジリスクの巨体が、炎に呑《の》まれて地に伏した。

「バジリスクが燃えるなんて！」

　悲鳴じみた声をあげたのは、レイルだ。

「どれだけ高い耐火能力を持っていたとしても、無敵でさえなければ、私に燃やせないものはない」

　シラヌイは緋眼《ひがん》を使者たちに向ける。

　レイルは顔を引きつらせ、ウードは腰を抜かしていた。

（これで、終わりなのか？）

シラヌイは眉根を寄せた。

シラヌイを騙《だま》し討ちにするつもりだったのだろうが、魔獣一匹というのは、戦力としてはずいぶん乏しい。

「こ、これで終わりだと思うなよ！」

ウードが、尻餅をついた格好のまま叫んだ。

直後、バジリスクが後ろ足だけで立ち上がった。その巨体は依然として炎に包まれている。

苦しんでのたうち回っているのではない。

全身を焼かれながらも大きく口を開けて、バジリスクは明らかに攻撃の体勢に入っていた。

「火炎障壁《ファイア・ウォール》！」

バジリスクの口から吐き出された大量の石化毒液が、地面から噴き上がった炎に衝突して、蒸発する。

「なに……⁉」

石化毒液の量の多さに、シラヌイは驚かされた。巨大なバジリスクだ。身体《からだ》が大きい分、毒液の量が多くてもおかしくはないが、それにしても多すぎる。

蒸発させはしたが、炎の壁も消されてしまった。

気化した毒液が霧のように立ちこめる。

（まずい……！）

シラヌイは蒸気を吸い込まないよう腕で口を覆いつつ、

「火炎柱《フレイム・ピラー》」

目の前に火柱を生み出し、その中に飛び込んだ。

炎で気化した毒液から身を守りつつ、バジリスクを睨《にら》む。

シラヌイの火は、バジリスクの皮膚を焼き肉を焼き、骨にさえ達しているはずだ。たしかな手応えがある。実際に、肉の焦げる臭いが鼻をついている。しかし、バジリスクは死ぬことなく、毒液を再び吐き出そうと口を開いている。

「火炎方陣《イグニッション》！」

炎の中で、シラヌイはさらに炎を放つ。

網状に広がった炎が、まさに投網《とあみ》の如《ごと》くバジリスクに絡《から》みつき、超高熱で肉を、骨を、断ち切る。

シラヌイは軽く手を払って、自らを包む火柱を消した。石化毒液の霧は既に消え、空気は揺らめきつつも清浄さを取り戻していた。

シラヌイはバジリスクを見やる。

バラバラに切り刻まれ、燃えながらも、バジリスクはまだ動いていた。

「これは……そういうことか」

シラヌイは理解する。

死なないのではない。このバジリスクは、初めから死んでいたのだ。

「死霊《しりょう》魔術」

死んだ生き物に仮初めの生命を与え、操る高等魔術。

魔術には大きく分けて三つの系統がある。

精霊の力を借りて元素を操る精霊魔術。そして、物理法則を一時的に変えることで元素を操る理《ことわり》魔術。この二系統は、元素を操るという結果は共通しているが、アプローチが違う。

もう一つは、神の力を借りて奇跡を起こす神聖魔術。

死霊《しりょう》魔術は、この三つのどの系統にも属していない特殊な魔術だ。その特殊性故に、修得は難しく、使い手は極端に少ないという。

ベルリ帝国に死霊《しりょう》魔術の使い手がいるとすれば、

（宮廷魔術師長か）

賢者級の実力という噂《うわさ》は聞いていたが、死霊《しりょう》魔術の使い手だとすると想定以上に厄介な相手になることは必定だった。

今戦ったバジリスクが並外れて巨大だったのも、死霊《しりょう》魔術の影響によるものと考えるべきだろう。

バラバラになったバジリスクは、いよいよ燃え尽きて灰になった。

シラヌイは目を閉じ、死してなお戦うことを強いられた哀れな魔獣に、短い黙禱《もくとう》を捧《ささ》げた。

「さて……」

シラヌイはふたりの使者を捜した。問い質《ただ》したいことが多々あったのだが、彼らは戦いの場に背を向けた格好で石化していた。気化した石化毒液の危険性に気づいて逃げ出そうとしたが、間に合わなかったのだろう。

「すまないが、ひとまず放置させてもらう」

バジリスクの毒液で石化した人間を戻す方法はないわけではないが、様々な薬品と時間が必要になる。今すぐは助けてやれない。

シラヌイは石化した男たちに背を向け、

「朱雀《すざく》召喚！」

火の上位精霊を顕現させた。

朱雀《すざく》の背に飛び乗って、シラヌイは服の胸元を握りしめた。

（嫌な予感がする……）

アウラが無事であることを疑ってはいない。罠《わな》の可能性を疑いつつもシラヌイが一人でここに来たのは、アウラを絶対的に信頼しているからだ。

シラヌイが百一度戦い、百度引き分けた最強の魔術師。今のアウラは正真正銘の賢者だ。ベルリの宮廷魔術師長が賢者級の実力者だとしても、アウラが負けることはありえない。そうは思っていても、やはり心配だった。

「翔《と》べ、朱雀《すざく》。稲妻よりも疾《と》く、空を翔《かけ》ろ」

応えて、朱雀《すざく》は全速力で空を翔《かけ》た。


雲を抜けると、西日が目に染《し》みた。

眩《まぶ》しさと強風に目を細めつつも、シラヌイは天に向かって聳《そび》える呪晶石を見た。

アウラリアだ。日没前に帰ってくることができた。

朱雀《すざく》の高度を、ほとんど急降下といっていい勢いで下げ、その背中から飛び降りる。

主人を目的地まで送り届けた炎の鳥は、再び空高く舞い上がり、消えた。

シラヌイが降り立ったのは、街の入り口。空の上からは街に異変はないように見えていたが、

「これは……」

あたりを見回し、シラヌイは異変に気づく。

大小、無数の氷塊が転がっていた。

「シラヌイさん！」

聞き慣れた声に、聞きたかった声で名前を呼ばれて、シラヌイは顔を向ける。

駆けてくる、アウラの姿が見えた。

「アウラ！」

「シラヌイさん！」

全身で抱きついてきた妻を、全身で受け止める。

抱擁を交わしつつ、シラヌイはアウラに怪我《けが》がないかを確認した。掠《かす》り傷一つ負っている様子はないが、戦闘があったことは、転がる氷塊が物語っている。

「ベルリ帝国が攻めてきたのですね？」

「はい。十人ほどの兵と、オーガが十体」

オーガは食人鬼とも称される、巨人型の魔獣だ。強靱《きょうじん》な肉体そのものを武器としており、拳の一撃は岩をも砕き、硬い皮膚は並の刀剣であれば弾《はじ》かれてしまうという。山岳地帯に棲息《せいそく》しているが、時に人里に現れ、食人鬼の名のとおり人を食い殺す。

「オーガは、通常より巨大ではありませんでしたか？」

「……！　はい。オーガは白虎《びゃっこ》の里にも現れたことがあって、戦うのは初めてじゃないんです。でも、ベルリの兵が連れてきたオーガは、白虎《びゃっこ》の里に現れたものよりも身体《からだ》が大きかったように思います。力も強くて、それにとても頑丈で、驚きました。全身を凍らせて、砕いて、ようやくやっつけられたんです」

「やはり」

転がっている大小の氷塊は、十体分のオーガということか。

「あなたが戦ったオーガは、死霊《しりょう》魔術で仮初めの生命を与えられた、生ける屍《リビング・デッド》です」

シラヌイは帝都ではなく皇太子の別邸に案内されたこと。そこでバジリスクに襲われたこと。そのバジリスクが生ける屍《リビング・デッド》だったことを話した。

「死霊《しりょう》魔術……実在していたんですね。でも、合点《がてん》がいきました」

「街の皆は？」

「お城に避難しています。みんな無事です。安心してください。ベルリの兵士も、全員捕まえました。尋問しようとしていたところに、お城の窓からシラヌイさんの朱雀《すざく》が見えて、走ってきたんです」

シラヌイは頷《うなず》く。

アウラもアウラリアの民も無事だった。嫌な予感は当たらなかったわけだが、気になることはあった。

生ける屍《リビング・デッド》と化したオーガが十体。たいした戦力ではあるが、アウラなら軽くねじ伏せられる。

敵は、こちらの力を見誤っているのか。あるいは――。

「……！」

不意に、火の精霊のざわめきを感じて、シラヌイはハッと顔を上げた。

「シラヌイさん、あれを！」

アウラがシラヌイの背後を指さした。

振り返ったシラヌイは、彼方《かなた》の空を舞う赤い鳥の姿を目にした。朱雀《すざく》だ。

外れたかに思えた嫌な予感が胸の内で再び首をもたげるのを、シラヌイは感じていた。

「兄様！　アウラさん！」

朱雀《すざく》の背中から飛び降りたのは、ヒバリだった。

駆け寄ってくるヒバリの背後で、朱雀《すざく》は火の粉に変わって消えた。

ヒバリが朱雀《すざく》に乗ってこの場にやってきた。それは紛れもなく異常事態だった。

ヒバリは優秀な魔術師だが、火の上位精霊である朱雀《すざく》を召喚するだけの力はない。朱雀《すざく》の里で朱雀《すざく》を召喚可能なのは、シラヌイの他には長老のカガリだけだ。

つまり、ヒバリはカガリが召喚した朱雀《すざく》に乗ってここまで飛んできたということになる。しかし、召喚者であるカガリの姿はない。カガリが召喚した朱雀《すざく》を、ヒバリが自らの力でどうにか使役して、アウラリアにたどり着いたのだ。

「大変だよ！　ベルリ帝国の魔術師が、朱雀《すざく》の里を攻撃してきたの！」

軍が、ではなく、魔術師が、とヒバリは言った。

「敵は、一人か？」

ヒバリは首を勢いよく横に振った。

「一人だけど、一人じゃないの！」

「魔獣を従えていたんだな？」

ヒバリは、首を、今度は勢いよく縦に振った。

ヒバリによると、女の魔術師が、十数体の魔獣を従えて朱雀《すざく》の里に現れたという。

魔獣は、オーガ、ヒポグリフ、ガルム、ヒュドラといった、いずれも危険度中級以上のものばかり。中でも九つの首を持つ大蛇、ヒュドラの危険度は上級で、猛毒の吐息《ブレス》は、村一つすら容易に滅ぼす。

迎え撃ったのは、長老のカガリ、副頭のヒバリ、朱雀《すざく》の里を訪れていた白虎《びゃっこ》の副頭ブランの三人。

三人は魔獣の群れを圧倒したが、魔獣は火だるまになろうと全身を氷の槍《やり》で貫かれようとおかまいなしに向かってきた。

魔獣たちが生ける屍《リビング・デッド》になっていることに気づいたのはカガリだった。

カガリはヒバリとブランに、敵を灰になるまで焼き尽くすか、粉々に砕くように命じた。

ヒバリとブランは懸命に魔獣と戦った。その間に、カガリは女の魔術師に戦いを挑んだという。

「その女は、ベルリの宮廷魔術師長だな」

「うん。そう名乗ってた」

カガリと女の戦いは、ヒバリの目には互角に見えたという。しかし、里の中の戦闘では、カガリは実力を発揮しきれない。規模の大きな魔術を使えば、里に被害が出てしまうからだ。

さらに、ヒュドラが厄介だった。ヒバリとブランだけではヒュドラを仕留められず、カガリはヒバリとブランを助けるために、敵に背中をさらす羽目になった。

「もうダメ！　長老がやられちゃう！　って思ったよ。でも、相手の魔術師は長老を攻撃するんじゃなくて、裏山のほうに走っていったの」

ヒバリの話を聞きながら、シラヌイは敵の目的が見えずに困惑していた。

「裏山？　まさか……！」

が、一つの可能性に思い至って、背筋に冷たいものが走った。

裏山には、今、あるものが安置されている。それは一月半前、アウラリアから朱雀《すざく》の里まで運ばれてきたものだった。

呪晶獣ヤマの死骸だ。

ミネルの丘での戦いの後、シラヌイはヤマの死骸をどうするか、という問題に頭を悩ませることになった。

燃やしてしまいたかったが、呪晶獣の肉体は死んでいても変わらず頑強だった。並の火力では傷一つつけられない。大魔術ならある程度は焼けるが、焼き尽くすには何度も何度も大魔術を撃ち込まなければならない。死体一つ処理するのに、さすがにそれは度が過ぎている。地形も変わってしまう。

ならば、穴を掘って埋めてしまえばいい。それが一番簡単な解決策ではあるのだが、シラヌイはある欲を抱いてしまった。呪晶獣を詳しく調べてみたいという欲だ。それは、魔術を極めようとする者であれば、抱かずにはいられない欲だった。ヤマの骸《むくろ》を朱雀《すざく》の里に運び、当面の間はそこで保管するというシラヌイの提案に、アウラは反対しなかった。

「敵の狙いは、ヤマの骸《むくろ》か！」

シラヌイが声をあげた直後、地が震えた。

初めは小さく、少しの間を置いて、初めよりも強く、重く。

近づいてくる。地を震わせるほどに重く巨大な何かが。

彼方《かなた》に、それが見えた。

見覚えのある輪郭。しかしそれは、シラヌイの記憶にあるよりも、一回りも二回りも大きい。

「長老が、兄様に伝えろって」

ヒバリが震えた声で言った。

「ベルリ帝国の死霊《しりょう》魔術師が呪晶獣を蘇《よみがえ》らせた。敵の狙いはアウラリアだ。今すぐ逃げろ」

震動が、さらに強く大きくなる。

（長老。すみません）

シラヌイは深呼吸を一つ。心の中で、カガリに詫《わ》びる。

（私は、アウラリアを捨てて逃げるわけにはいかない）

ヒバリの肩に手を置いて、シラヌイは言う。

「おまえは城にいる皆を避難させろ」

ヒバリは息を呑《の》んだ。

「……！　兄様は、逃げないの？」

「王が国を守らずにどうする」

「で、でもっ！」

「案ずるな。私は一人ではない」

シラヌイは彼女を振り返る。

最大の宿敵にして、最愛の妻にして、最強の戦友を。

「アウラ。共に戦ってほしい。あなたの力が必要だ」

アウラは微笑《ほほえ》んで頷《うなず》く。

「はい。どこまでも、あなたと共に」

シラヌイは笑みを返し、ヒバリの背中を押す。

「いけ。皆を頼む」

ヒバリは目に涙を浮かべ、

「死んだら許さないから！　アウラさん、兄をお願いします！」

そう言い残し、走り去った。

シラヌイとアウラは並び立ち、敵を待つ。

ここまでは、上手《うま》く事が運んでいる。

呪晶獣ヤマの肩の上で、メイア・シェリーシュタインはここまでを振り返る。

朱雀《すざく》の頭領をおびき出し、白虎《びゃっこ》の頭領と引き離して一時的に戦力を分断する。これは上手《うま》くいった。しかし、こちらはあくまでも本命から目を逸《そ》らすための陽動。

本命は、初めからヤマの骸《むくろ》だ。

ヤマの骸《むくろ》が朱雀《すざく》の里に運ばれていることは、斥候から報告を受けていた。ベルリ帝国が過去に幾度となく討伐隊を編成して挑んでも歯が立たなかった呪晶獣ヤマを討ってしまった精霊眼の魔術師たち。そんな途轍《とてつ》もない化け物に真正面から戦いを仕掛けるのは、愚の骨頂だ。

化け物の相手は、化け物にしてもらうしかない。しかしこれは、メイアにとっても大博打《おおばくち》だった。

汝、死を忘るるなかれ《メメント・モリ》。

死体に仮初めの生命を与え、操る、死霊《しりょう》魔術の本領にして秘奥《ひおう》。

メイアはこの術で、数多《あまた》の死せる魔獣を操ってきた。ヒュドラのような大型の魔獣さえ、難なく使役できる。

しかし、呪晶獣に死霊《しりょう》魔術が通じるかを試したことはなかった。

呪晶獣はこの世の理《ことわり》から外れたような生き物だが、それでも生き物である以上、操れない道理はない。

そう腹を括《くく》って試した汝、死を忘るるなかれ《メメント・モリ》は、果たして成功した。

生ける屍《リビング・デッド》と化したヤマは、メイアの命令に従い、ミネルの丘に向かっている。

「はは、ははは……！」

ヤマの歩みが地を揺らす度に、衝撃でずり落ちそうになる帽子を押さえつつ、メイアは笑った。

帽子を押さえる手は、瘧《おこり》のように震えている。

怖かった。自らが使役している骸《むくろ》が、怖くてたまらなかった。

メイアは今、魔力でヤマと繫《つな》がっている。ヤマの巨体に秘められた力の強大さ、異質さに、怯《おび》えずにはいられない。

同時に、この化け物ならば、相手が何者であろうと勝てるという無敵感に、メイアは支配されていた。

ミネルの丘が見えてきた。

忌《い》まわしき呪晶石。その向こうには、帝国が築いた街と、白亜の城。

そして、呪晶石の傍《そば》には、人影が二つ。

呪晶石の前でヤマに足を止めさせたメイアは、帽子のつばを持ち上げて顔をさらしつつ、人影を見下ろす。

赤い髪の男と黒髪の女が、怯《ひる》んだ様子もなく、それどころか堂々と胸を張って、メイアを見上げている。

男が朱雀《すざく》の頭領、女が白虎《びやっこ》の頭領であることは明らかだった。目の色までは見て取れないが、この状況で、呪晶獣の前に堂々と立ちはだかれる人間は他にはいない。

「私はベルリ帝国宮廷魔術師長メイア・シェリーシュタイン！　ミネルの丘を占拠した不届き者どもに、退去を命じる！　速やかに立ち去れば、命の保証はするが、どうか！」

メイアは細く小さな身体《からだ》で、大きく声を張った。

「私はアウラリアの王、シラヌイ！　この地は私が呪晶獣ヤマを討伐し、解放した。通例に則《のっと》り、この地の所有権を主張する！　世界塔の承認も既に得ている！」

シラヌイと名乗った赤い髪の男の言葉に、メイアはぎりっと奥歯を噛《か》んだ。

（この土地は帝国の、アルフレド殿下のものだ！　盗《ぬす》っ人猛々《たけだけ》しい！）

世界塔の承認など、知ったことではない。

「アウラリアには、ベルリ帝国に対し、友好の意思がある！　話し合いたい！」

「話すことなどない！　退去に応じないのであれば、排除するのみ！」

メイアは大きく振りかぶった杖《つえ》を地上の男女に向けた。

その動きに倣《なら》うように、ヤマが大樹のような両腕を振りかぶり、二つの拳を、戦鎚《せんつい》の如《ごと》く振り下ろす。

衝撃と轟音《ごうおん》に、ミネルの丘が震えた。

戦いたくはないが、相手に和睦の意思がないのであればどうしようもない。

ベルリ帝国の宮廷魔術師長が女性であることは知っていたが、実際の彼女は、女性というよりも少女だった。しかし、魔術師の実力に年齢も性別も関係はない。事実、彼女は呪晶獣の死骸を操っている。

生ける屍《リビング・デッド》と化したヤマは、ただでさえ巨大だった体軀《たいく》がさらに二回りほど大きくなり、力も強くなっていた。

メイアと名乗った少女の使う死霊《しりょう》魔術は、対象を、ただ操るだけでなく強化する。

「アウラ！」

街に被害が及ばないよう、逆方向に敵を誘導しつつ、シラヌイは妻の名を叫んだ。

アウラは頷《うなず》いて、足を止める。

「無慈悲なる夜の女王が天球の星々に告げる。地は廻《めぐ》らず、時は凍るだろう」

そして、彼女は胸の前で手を合わせ、呪文の詠唱に入った。

大魔術、絶対零度《アブソリュート・ゼロ》。

呪晶獣相手に、出し惜しみはしていられない。

「ヤマ！　あの女に術を使わせるな！」

アウラの動きに気づいたメイアが命じ、ヤマの巨体がアウラに向かう。

「やらせはしない！　星光華炎《スターライト・エクスプロージョン》！」

星々の瞬《また》きの如《ごと》き無数の光が、ヤマの巨体に降り注いで爆花を咲かせる。

「わあっ！」

爆音に交じって、メイアの悲鳴が聞こえた。

直撃はしていないはずだが、爆風で吹き飛ばされたのだろう。

ヤマは揺らいでさえいないが、それでも動きは一瞬止まった。

「星光華炎《スターライト・エクスプロージョン》！」

シラヌイは間髪をいれずに術を放ち、ヤマの動きを封じる。

「一切の希望は砕け散る。恒星は闇に堕《お》ちる。命よ、永久の眠りに沈め」

その間に、アウラが大魔術を完成させる。

「絶対零度《アブソリュート・ゼロ》」

あらゆる生命を凍《い》てつかせる絶対の冷気が、ヤマを襲う。

大気が白く染まり、氷の精霊たちが荒ぶり叫ぶ。

それはまさに、氷雪魔術の極点。あの冷気に呑《の》まれて、生きていられる生物が存在するはずもない。

しかし、敵は呪晶獣。この世界の理《ことわり》の外に属する異形。仮初めの生命を与えられて動いている今は、あらゆる意味で生き物とは呼べない。

「この世すべての紅《あか》よ、集え」

シラヌイは、絶対零度《アブソリュート・ゼロ》がヤマを攻め立てている間に、大魔術の詠唱に入っていた。

「紅は始原。紅《あか》は終焉《しゅうえん》。我が心の焦がれるままに、天を焦がし地を焦がせ」

そして、絶対の冷気がやむのと同時に、シラヌイは術を放った。

「紅炎天焦《クリムゾン・フレア》！」

豪炎が、今度は大気を紅《あか》く染め上げた。

炎に全身を包まれたヤマが、片腕を振りかぶる。

その腕——左腕が、振り下ろされる過程で、粉々に砕け散った。

「バカな！」

悲鳴じみた声をあげたのは、メイアだ。ヤマから落とされた彼女は、呪晶石の陰に隠れ、戦況を見ていた。

シラヌイはアウラと顔を見合わせて、頷《うなず》く。

(上手《うま》くいったか)

シラヌイとアウラは、ヤマが目の前にやってくるまでの間に、一つの戦法を考案していた。

ヤマには大魔術をただ当てても、一撃では大きな損傷は与えられない。

だが、くらわせる大魔術の順番を考えれば。

具体的には、まずアウラの大魔術で敵を可能な限り冷却し、次にシラヌイの大魔術で急激に熱することで、頑強な肉体の破壊を狙う。

これは、急速に冷却した鉱物を急激に熱すると壊れやすくなるという、物理現象を利用したものだ。

ぶっつけ本番。成功するという確証はなかったが、上手《うま》くいった。

「アウラ！　繰り返し、大魔術を！」

「は、はいっ！」

生ける屍《リビング・デッド》になっているとはいえ、全身を砕けば倒せるはずだ。

大魔術の連続使用には魔力の暴走の危険が伴うが、シラヌイの見立てでは、シラヌイ自身は九回、アウラなら十回までなら、魔力は暴走しない。無論、相当な消耗は覚悟しなければならないが。

シラヌイとアウラが呪文の詠唱体勢に入ったところで、突如、ヤマを包んでいた火が消えた。

ヤマの全身には、無数の深い亀裂が生じていた。バラバラに砕け散る寸前といった感じだが、

（なんだ……!?）

嫌な予感がした。

ずっと胸をざわつかせていた嫌な予感が、いよいよ明確な姿形を得て、目の前に現れようと

している。それがわかった。

ヤマの全身の亀裂から、見えざる力が噴き出した。

目には見えない、しかし禍々《まがまが》しい力がヤマを包み込み、その亀裂だらけの巨体に異変をもたらした。

亀裂が塞がり、消えていく。砕け散った左腕が、バキバキと音をたてて復元されていく。ただ、元に戻ったわけではない。砕ける前よりも一回り太くなっている。さらに、太くなった腕に釣り合うように上半身の筋肉が盛り上がり、左右の肩から新たな腕が一本ずつ、生え出た。

「何をした⁉」

シラヌイは呪晶石の陰に隠れているメイアに声を飛ばした。

「な、何もしていない！　私は何もしていない！」

メイアから裏返った声が返ってきた。

ヤマの変容は、なおも続いていた。頭は歪《いびつ》に膨れ上がり、腕と背中から、鉤《かぎ》状の棘《とげ》が無数に伸びている。

あまりにも禍々《まがまが》しい姿。それは既に生ける屍《リビング・デッド》であり、生き物ではないのだが、かつて生き物であったとは思えないほどに、生命の概念から程遠い姿に成り果てていた。

「もうこれ以上、あれを動かすな！　あれはもう、人の力で従わせられるものじゃない！」

「とっくに停止命令は出している！　だが、駄目なんだ！　止まらないんだ！」

呪晶石の陰から転がり出てきたメイアは、ヤマに向けて杖《つえ》を伸ばしていた。

杖《つえ》の先の青金剛石《ブルー・ダイヤモンド》から、彼女の魔力が発せられているのがわかる。しかし、彼女の魔力は、命令は、ヤマに一切の影響を与えていない。

「くっ……！」

何が起きているのか、シラヌイには正確なところはわからない。ただ、ヤマがメイアの死《し》霊《りょう》魔術の域を超えてしまったのだということは、わかる。

「仕掛けます！　絶対零度《アブソリュート・ゼロ》」

詠唱を終えていたアウラが、大魔術を繰り出す。

絶対の冷気が荒れ狂う。

しかし。

ヤマの全身から、炎が噴き上がった。

冷気が炎に阻《はば》まれ、互いを打ち消し合う。

「そんな……！」

アウラが驚きの声をあげた。

「紅炎天焦《クリムゾン・フレア》！」

続けて、シラヌイが大魔術を放つ。

しかし、天地を焦がす豪炎は、ヤマの全身から発せられた冷気に相殺《そうさい》されてしまった。

「私たちの攻撃を学習したのか……！」

アウラの冷気に対しては炎で、シラヌイの炎には冷気で、それぞれ対応してきた。

「シラヌイさん、どうしたら……」

狼狽《うろた》えるアウラに、シラヌイは答えられない。

アウラの魔術もシラヌイの魔術も通用しないのであれば、いよいよ打つ手がない。

ヤマが、四本の腕を、掌《てのひら》を上にして掲げた。

シラヌイは天を仰ぎ、目を剝《む》いた。

上空に、大岩のような氷塊が無数に浮かんでいた。

優に百を超える数のそれが、落下を始める。

「火炎方陣《イグニッション》！」

シラヌイは頭上に網状の炎を展開したが、氷塊はそれを容赦なく引きちぎって降り注いだ。

避けた先に先に、氷塊が落ちてくる。

「シラヌイさん！」

アウラとの間にも、氷塊が落ちた。

「アウラ！」

氷眼《ひょうがん》を持つアウラは冷気で傷つくことはないが、冷気も氷になってしまえば純粋な質量だ。

氷の塊に押し潰されれば、死ぬ。

しかし、シラヌイも氷塊を避けるのに精一杯で、アウラを助けに行く余裕はない。

広範囲に炎を放って氷塊をまとめて溶かすことも考えたが、アウラの位置がわからない状態では、彼女を巻き込んでしまう。

焦《あせ》るシラヌイに、氷塊とは別の大質量が襲いかかった。

ヤマの、手だ。

巨大な掌《てのひら》が、唸《うな》りをあげて迫る。

「火炎障壁《ファイア・ウオール》！」

咄嗟《とっさ》に張った炎の壁も、易々《やすやす》と吹き飛ばされてしまう。ヤマの手は、止まらない。

凄《すさ》まじい衝撃に、シラヌイの意識は粉々に砕け散った。

風が、花の香りを運んでくる。

シラヌイはゆっくりと目を開けた。

色鮮やかな花々が見えた。

花畑に、シラヌイは立っていた。

「ここは……」

見覚えのない、しかし、懐《なつ》かしさを感じる風景だった。

ふと、隣を見るとアウラがいた。

シラヌイの視線に気づいたアウラは、夫を見上げ、微笑《ほほえ》んだ。
「――……。――！」
声がした。
シラヌイは、声がしたほうに――正面に、目を向けた。
小さな女の子がいた。年は、三、四歳といったところか。
シラヌイとアウラに向かって、満面の笑みで手を振っている。
シラヌイは目を凝らし、気づく。女の子の瞳の色が、左右で違っていることに。
右が赤く、左が青い。緋眼《ひがん》と氷眼《ひょうがん》。
女の子は振り返って、走り出した。
「待って。待ってくれ」
遠ざかっていく小さな背中に向けて、シラヌイは手を伸ばす。
シラヌイは、その女の子を知らない。
「……メ！」
知らないはずなのに、シラヌイは一つの名前を口にしていた。
風が吹き、花が舞う。
視界が揺らいだ。

「呪いの鎌《カース・サイス》！」

誰かの声、続いて衝撃音が響いて、シラヌイはハッと目を開けた。

「ぐ……っ」

身体《からだ》を動かそうとすると、全身に鈍い痛みが走った。

歯を食いしばり痛みに耐えつつ、状況の把握に努める。

どうやら、自分は敵の攻撃で意識を失っていたらしい。身体《からだ》の状態は、全身打撲に骨折が数箇所といったところか。立派に重傷だが、命に関わるほどの怪我《けが》はしていない。これならば。

「再生の炎《リバース・ファイア》」

火の揺らめきの如《ごと》き赤い光がシラヌイの全身を包み、消える。

シラヌイは上体を起こす。一瞬で完治というわけにはさすがにいかないが、動くのに問題はない。

「暗黒の矢《ダークネス・アロー》！」

誰かが戦っている。声からして、ベルリの宮廷魔術師長メイアだろう。

制御の利《き》かなくなったヤマを倒そうとしているのだろうが、無理だ。メイアは優秀な魔術師だが、彼女の攻撃ではヤマに傷一つ与えられない。

何故《なぜ》、ヤマがメイアの制御から逃れたのか、より強大で禍々《まがまが》しい姿に変貌したのか、その理由はわからない。メイア自身が一番困惑しているのだろう。

呪晶石も、その毒から生まれる呪晶獣も、人智《じんち》を超えている。

「アウラ……」

シラヌイは立ち上がり、アウラを捜した。

幸い、彼女はすぐに見つかった。

頭から血を流し、倒れている。

シラヌイはアウラに駆け寄り、頭を動かさないよう、そっと頬に触れて、声をかけた。

「アウラ」

アウラは目を開け、シラヌイを見た。

「シラヌイさん、無事だったんですね」

アウラは淡い笑みを浮かべて、身を起こす。

「頭を打ったのでは？」

「大丈夫です」

アウラは答えて、頭の傷に手をかざした。その手から発せられた冷気が、傷口を凍らせた。

血が止まり、流れていた血も凍って、パラパラと剝がれ落ちた。

シラヌイは笑う。妻を案じる気持ちは当然あるが、この危機的な状況に於《お》いては、頼もしさが勝る。

「何か策はありますか？」

「正直、打つ手なしです」

アウラに問われて、シラヌイは首を横に振った。

「ならもう、わたしたちに残された手は、一つしかありませんね」

「アウラ？　それは……」

「シラヌイさんが考案した、不可能魔術です」

シラヌイは息を呑《の》んだ。

「シラヌイさんから理論を聞いて、ずっと考えていました。シラヌイさんとわたしのふたりでなら、不可能魔術も、不可能じゃなくなるんじゃないかって」

「………」

シラヌイが考案した不可能魔術を使うには、火の魔術と氷の魔術、二つの魔術に対する、極めて高い適性が必要になる。

火と氷、属性的に相反する二つの適性を両方備えた人間は存在しない。ありえない適性が要求される魔術。故に、シラヌイが考案した件《くだん》の魔術は、不可能魔術なのだ。

しかし。

シラヌイも考えたことはある。

ひとりでは不可能でも、ふたりなら。

緋眼《ひがん》を持つシラヌイと氷眼《ひょうがん》を持つアウラ。ふたりで力を合わせれば、あるいは、不可能を可能にできるのではないか。

だが、それは机上の空論。希望的観測にすぎない。

「分の悪い賭けになります。失敗すれば……いえ、成功したとしても、命の保証はない」

「あなたと初めて見《まみ》えたあの時から、戦いで果てる覚悟はできています」

アウラの表情は穏やかだった。

シラヌイは頷《うなず》く。

「……私も覚悟を決めましょう。アウラ」

「はい」

シラヌイは地を蹴り、一際《ひときわ》大きな氷塊の上に立った。アウラが並び立つ。

ヤマはさらに変態を遂げていた。腕の数が増え、足の数も増え、頭の数までもが増え、巨大化し続けている。

ヤマ自身にさえ、もはや自らの変態を制御できていないように見える。

「闇黒球《ダーク・ボール》！」

「腐食波《ロトン・ブラスト》！」

「黒き血の洗礼《ブラック・ブラッド》！」

そのヤマに、メイアが懸命に魔術をぶつけているが、やはり、効いてはいない。

ヤマは、もぞもぞと地を這《は》い、たまに腕を振るう程度で、それ以上の攻撃はしていない。

身体《からだ》が大きく重く、そして歪《いびつ》になりすぎて、まともに動けないのだ。

シラヌイとアウラは見つめ合い、頷《うなず》き合う。

「魔力を一つに」

「はい」

魔力を練り上げながら、同調させていく。

至難の業だが、ふたりにはそれを可能にする技術がある。

魔力の同調は完璧だ。しかし、

(これでは、足りない……!)

緋眼《ひがん》と氷眼《ひょうがん》。相反する二つの才を一つにするには、より深く、シラヌイとアウラが繋《つな》がらなければならない。

心を、重ね合わさなければならない。

(どうする?)

どうすれば、アウラと心を一つにできるのか。

ふっ、とシラヌイは小さく苦笑する。

(何事も、頭で考えようとするのは、私の悪い癖だな)

今、必要なのは理屈ではない。理屈では理《ことわり》は超えられない。

「アウラ」

シラヌイはアウラの腰に片方の手を回し、抱き寄せた。

アウラはシラヌイを見上げ、微笑《ほほえ》む。

シラヌイはもう片方の手でアウラの頬を包み、花のような美しい唇に口づけした。

アウラは驚かない。シラヌイの唇を、当たり前のように受け入れている。

唇を離したシラヌイは、今度は額と額を触れ合わせて、言った。

「愛している。アウラ」

その言葉を、シラヌイがアウラに向けて口にしたのは、これが二度目だった。一度目の時にはアウラは眠っていたから、実質的にはこれが初めてともいえる。

言いたいとは何度も思っていた。

しかし、もし自分の口から出たその言葉が空虚に聞こえてしまったら……と考えてしまい、言えなかった。

アウラを愛している。その気持ちに嘘《うそ》も偽りもないはずなのに、シラヌイ自身が、自分の心を信じきれていなかったのだ。

「わたしもです。愛しています。あなた」

アウラが言葉を返してくれた。

その声は、シラヌイの心に、どこまでも晴れやかに響き渡った。

シラヌイを見つめる青く美しい瞳には、一点の曇りもない。

（私は、本当に愚かだ）

アウラは、ずっとそうだった。

シラヌイに、愛情と信頼を向け続けていた。

心を重ね続けてくれていた。

シラヌイは今それを、頭ではなく心で理解した。

（私はアウラを愛している。アウラは私を愛してくれている。私たちは紛れもなく夫婦だ。最強の夫婦だ！）

魔力が、より深く深く同調する。

シラヌイとアウラは、互いの両手を握り合い、目をヤマに向けた。

これまでは技術で同調させていた魔力が、今は息を吸って吐くような当たり前の感覚で同調できている。まるで一心同体であるかのように。

「アウラ」

「はい」

言葉は不要だった。

シラヌイは、さらに大きく強く、魔力を練り上げる。

魔力の同調に割いていたリソースを、魔力の増強に回す。

アウラはシラヌイの意図を瞬時に理解し、シラヌイと同様に魔力を練っている。

魔力が、自己の限界を超えていくのがわかる。

だが、まだだ。

ふたりの魔力を完全に同調させ、限界以上に練り上げてもなお、理《ことわり》を超えるには足りない。

(もう少しだ。本当に、あと少しなんだ)

ふたりの魔力は、理《ことわり》にまで届いてはいる。理《ことわり》の扉に、手は掛かっているのだ。足りないのは、扉を開けるための、鍵。

「夢を、見ました」

アウラが言った。

「小さな女の子の夢です。右目が赤くて、左目が青い。あの子はきっと、わたしたちの娘です」

シラヌイは頷《うなず》く。

「私も同じ夢を見ました」

「わたしたちは、未来を夢に見たのでしょうか」

シラヌイは小さく首を横に振る。

「私たちに、巫女《みこ》様のような未来を予知する力はありません。それでも、未来を思い描くことはできる。望んだ未来に向かって、歩いていける」

「……シラヌイさん。わたし、あの子に会いたいです」

シラヌイの手を握るアウラの手から、わずかに力が抜けた。

ふたりは今、魔力が自己の限界を超えたことで、精神が肉体を凌駕《りょうが》した状態にある。肉体的な感覚が麻痺《まひ》している。おかげで身体《からだ》の痛みも疲労も感じなくなっているが、感じないだけで、疲労しないわけではない。

アウラもシラヌイも、実際には、今、立っているのが奇跡的なほどに消耗していた。

シラヌイの手からも力が抜けつつあったが、力の入らない手で、それでもシラヌイはアウラの手を握りしめた。

「私もです。あの子に、会いたい」

「夢の中で、シラヌイさんはあの子の名前を呼んでいました」

「はい。あの子の名前は――」

シラヌイとアウラは見つめ合い、一つの名前を口にする。

『ユメ』

その名前が響く。届く。理《ことわり》に。理《ことわり》の、その先に。

開いていく。理《ことわり》の扉が。

不可能が、覆《くつがえ》る。

シラヌイは深く息を吐き、吸って、言葉を紡《つむ》ぐ。

「始原にして終焉《しゅうえん》の赤。刹那にして永劫《えいごう》の青」

ふたりの繋《つな》いだ手の先に、赤い光点が生まれた。赤い光点を青い光が包み込み、二色が溶け合って紫に変わる。

「相克は鍵、理《ことわり》の扉は今開かれた」

紫の光が、白い輝きを放つ。

「人智《じんち》は白紙の未来へ至れり」

白い輝きが無数の色を帯びる。この世すべての色を宿し、光は輝きを増していく。

ヤマが不意に動きを止め、歪《いびつ》で巨大な頭を、シラヌイとアウラに向けた。

全ての目と口が大きく開かれる。口腔《こうこう》の奥に、赤黒い光が灯《とも》った。光はたちまち膨れ上がり、強烈かつ濃厚な死の気配をほとばしらせる。

シラヌイは理解する。あれは、ヤマの最大攻撃だ。

シラヌイとアウラの異様な魔力を危険と判断し、全力で排除しようとしているのだ。

あれが撃ち出されてその破壊力を存分に発揮した暁には、アウラリアの街も城も、跡形もなく消し飛んでしまうだろう。

シラヌイはしかし、怯《ひる》まない。怖《おそ》れない。

「万物よ、在るべき無へと還《かえ》れ」

為《な》すべきことは変わらない。そして、為《な》すべきことは、既に為《な》し終えている。

あとはただ、最後の言葉を紡《つむ》ぎ、解き放つのみ。

シラヌイの声に、アウラの声が重なる。

不可能とされてきた奇跡の名を、ふたりは高らかに叫んだ。

『色即是空《ヴァニタス・ヴァニタートゥム》！』

あらゆる色が入り交じった光が、奔流となってヤマに向かう。

それはまさに極彩色。呪晶石と同じ、この世の理《ことわり》を超えたものの色だ。

同時に、ヤマの口からも赤黒い光が発射された。

甚大《じんだい》な魔力が、正面からぶつかり合う。

しかし、そこにせめぎ合いは発生しなかった。

極彩色の光は、行く手を阻《はば》むものなど、まるで存在していないかのように突き進み、ヤマを呑《の》み込んだ。さらに、その背後に聳《そび》える呪晶石をかすめて、地平の彼方《かなた》に消えていった。

シラヌイは目を見開く。

極彩色の光が通り過ぎたその後には、何も残されてはいなかった。

ヤマの歪《いびつ》な巨体は跡形もなく、地表も消失している。

色即是空《ヴァニタス・ヴァニタートゥム》がもたらすのは、破壊ではない。消滅だ。

炎と氷。相反する二つの属性が互いを打ち消し合おうとする力を利用して、消滅という概念を事象化する。

あの極彩色の光は、消滅という概念そのものであり、それに触れたものは、どんな強固な存在であれ、もれなく虚無の彼方《かなた》へと消え去る。

呪晶獣という、この世界の理《ことわり》から外れた生き物であっても、例外ではない。

呪晶石でさえも。

シラヌイは見開いた目を呪晶石に向ける。光がかすめた部位が、削れている。

「やっ、た……」

これまで幾多もの英雄が、賢者が、国家が、あらゆる手を尽くしても壊せなかった呪晶石を、部分的にではあるが、破壊した。

「やり、ました、ね……」

シラヌイとアウラは顔を見合わせ、がっくりとその場に膝から崩れ落ちた。

足にまったく力が入らない。

麻痺《まひ》していた肉体の感覚が戻ってくる。今まで味わったことのない疲労感が、全身を支配していた。

シラヌイとアウラは繋《つな》いだ手をそのままに、この場にいるもう一人に、目を向ける。

ヤマに必死の攻撃を繰り返していた彼女は、シラヌイとアウラの魔力の高まりに危険を察知し、大きく跳《の》び退いていた。

彼女——メイアは、落としていた三角帽子を拾い、被《かぶ》って、シラヌイたちに杖《つえ》を向けた。

第五話

先端に青金剛石《ブルー・ダイヤモンド》が煌《きら》めく杖《つえ》が、シラヌイとアウラに向けられている。

しかし、その杖《つえ》を手にしているメイアの足は、生まれたての子鹿のように震えていた。

彼女もまた、体力の限界を迎えているのだと、シラヌイは悟る。

「シラヌイさん、立てますか？」

アウラの問いかけに、シラヌイは頷《うなず》いた。

しかし、やはり足に力が入らない。

アウラが立ち上がった。彼女に手を引かれ、シラヌイもどうにか立った。

深呼吸を繰り返す。空気が肺を満たすにつれて、少しずつ全身の感覚が戻ってくる。

爪先で地面を叩《たた》き、動けるようになったことを確認して、シラヌイはアウラの手を放した。

そして、氷塊を飛び降りて、メイアの前に立った。

　メイアは足だけでなく、杖《つえ》を持つ手も震えていた。

「私の、負けだ」

　言って、メイアは杖《つえ》で身体《からだ》を支えた。

「一つ、問う。朱雀《すざく》の民を殺したのか」

問うシラヌイを睨《ね》め上げ、メイアは首を横に振った。

「死人は出していない」

「断言できるのか」

メイアはきっぱり答えた。

「できる」

「多くの魔獣を死霊《しりょう》魔術で操っていたと聞いた。それで犠牲者を出さないのは、至難の業だろう」

「死霊《しりょう》魔術とは、本来、枯れた土地を甦《よみがえ》らせるための魔術だ。生命を尊ぶ魔術だ。無益な殺生《せっしょう》は死霊《しりょう》魔術師の倫理にもとる。たしかに私は朱雀《すざく》の里を攻撃したが、誓って死人は出していない」

メイアの言葉にも目にも嘘《うそ》は感じられない。

「……わかった。信じよう」

「殺せ」

杖《つえ》に体重を預けてどうにか立っていたメイアは、地面に両膝をついて、杖《つえ》を投げ捨てた。

「……死を望むのか？」

シラヌイの問いかけに、メイアは目に涙を滲《にじ》ませた。

「……私は、あの方の役に立てなかった。生き恥はさらせない。殺してくれ」

「あの方？」

「シラヌイさん！」

隣にやってきたアウラが、緊迫した声をあげた。

「あれを！」

アウラが指し示したのは、空。正確には、空を舞う三つの影。

「あれは、ワイバーン？」

シラヌイは空に向けた目を見開いた。

ワイバーンは、かつて女神ミネルとともに世界を救った聖獣・竜の劣等種とされる魔獣だ。別名は飛竜。

身構えるシラヌイとアウラの前に、三頭の飛竜が舞い降りた。

三頭のうち、二頭の体色は緑。もう一頭は白。

いずれのワイバーンも、鞍《くら》と手綱を付けられ、背に人を乗せていた。

白いワイバーンの手綱を握っていた人物と目が合った。

金色の髪の、美しい青年。華美に過ぎない礼服の上に、白いマントを身につけている。マントに金糸で刺繍《ししゅう》されているのは、ベルリ帝国の紋章だ。

「私はベルリ帝国皇太子、アルフレッド・ベルリ」

金髪の青年が名乗った。

シラヌイは驚かない。彼が何者であるかは、一目でわかったからだ。

「朱雀《すざく》の頭領、並びに白虎《びゃっこ》の頭領と交渉したく、参じた」

「私が朱雀《すざく》の頭領シラヌイだ」

シラヌイが名乗りを返すと、皇太子アルフレドはワイバーンの背から軽やかに飛び降り、目の前に立った。

緑のワイバーンに乗っていたふたりも降りてきた。片方は、紳士然とした壮年の男。もう一人は赤毛の女。こちらの年は三十前後といったところか。すらりと背が高い。どちらも剣を帯び、ベルリ帝国の軍服とマントを身につけている。皇太子直属の護衛なのだろう。その佇《たたず》まいから、相当な使い手であることが窺《うかが》える。

ふたりはアルフレドの左右それぞれの斜め後ろに控えた。

「隣は、妻で白虎《びゃっこ》の頭領のアウラ」

「は、はじめましてっ」

シラヌイの紹介にアウラが頭を下げて挨拶すると、皇太子アルフレドはふっと表情を緩ませた。そして、胸に手を添え、その場に片膝をついた。

「まずはお詫《わ》びしたい。此《こ》度《たび》の件は私の命によるもの。一切の責任は私にあります」

ふたりの護衛も主《あるじ》に倣《なら》って片膝をつく。

「で、殿下っ！　頭を上げてください！　ミネルの丘を手に入れるべきと進言したのは、私です！　責任は私が負います！」

　メイアが声をあげた。

「決断したのは僕だよ、メイア」

　片膝をついたまま、アルフレドは顔だけを上げ、メイアを見た。メイアに向けられるアルフレドのまなざしは、優しい。

「アルフレド殿下、交渉というのは、彼女を……？」

「はい。メイアの命を、どうかお助けいただきたいのです」

　メイアが悲鳴じみた声をあげた。

「殿下！　私の命など、お捨ておきください！」

「そうはいかないよ、メイア。君は帝国に必要な人材だ。僕個人にとってもね。僕は君を、失いたくない」

「殿下……」

　メイアは顔を覆って泣き出した。

「シラヌイさん……」

　アウラがシラヌイの袖を引いた。

　アルフレドとメイアに向けられたアウラの目には、同情の色があった。

　シラヌイは頷《うなず》く。

メイアを殺すつもりはない。しかし、利用はさせてもらう。

「アルフレド殿下、あなたは交渉と仰《おつしや》った。それは、メイア殿をお返しする代わりに、こちらの要求に応じていただけるという解釈でよろしいか」

「そう受け取っていただいてかまわない」

「では、まずはアウラリアを国として認めていただきたい」

「アウラリア……奥方の名を冠されたのですね」

アルフレドはやわらかく笑み、応えた。

「ミネルの丘は、呪晶獣ヤマを討伐したあなたたちの土地だ。ベルリ皇帝の名代として、新国アウラリアの誕生を、心より慶賀いたしましょう」

「感謝いたします、アルフレド殿下」

シラヌイは自らも片膝をついて、アルフレドに手を差し出した。

「もう一つ、要求させていただく。アウラリアと帝国の、末永い友好を」

「喜んで」

アルフレドは、これにも応じた。

アウラリアの王とベルリの皇太子は手を取り合い、立ち上がって、さらに両手で握手を交わした。

大陸北東部の大国が、アウラリアを国として承認し、友好を誓った。アウラリアにとって、これは大きな意味を持つ。

大陸東部には他に、アスラムとドムドという二つの大国があるが、ベルリがアウラリアの友好国となったことで、アスラムとドムドは、おいそれとアウラリアに手を出せなくなった。

「友好の証《あかし》として、街を再建するための資材と人材を支援させていただきたいと思うのですが、いかがでしょうか」

「で、殿下っ！」

「ご厚意に感謝を。必ず、このミネルの丘を復興するとお約束します」

涙交じりの声をあげたメイアに、アルフレドが優しい目を向ける。

シラヌイは一歩下がって、アルフレドに道を開けた。

「ありがとう」

感謝の言葉を口にして、アルフレドはメイアの前まで歩き、身を屈《かが》めた。

「メイア、君が無事でよかった。シラヌイ様とアウラ様の慈悲に感謝しよう」

「本当に、よかったのですか……？」

「ミネルの丘は手に入らなくても、英雄と友好を結べたのはベルリにとって大きな利だよ」

皇太子アルフレドは、優しいだけの青年ではない。シラヌイは彼に対する評価をそう改めた。

互いに利をもたらさない友好関係は脆《もろ》いということを、アルフレドはよくわかっている。

油断はならないが、利害が一致している限りは、信頼できる人物だ。

「さあ、メイア。帰ろう」

座り込んでいたメイアを、アルフレドが抱え上げた。

「でで、殿下⁉ お、下ろしてくださいっ！」

「自力では立てないのだろう？ もしかして、気恥ずかしいのかい？」

「あ、当たり前ですっ！」

「僕は気にしないよ」

「私が気にするんです！ クロエに抱えさせてください！」

顔を真っ赤にしたメイアに、アルフレドが微笑《ほほえ》みかける。

「僕は君が生きていてくれて、本当に嬉《うれ》しいんだ。帝都まで、僕が君を運ぶよ」

「……アルのバカっ！」

メイアは再び、両手で顔を覆った。

「クロエ、杖《つえ》を」

微苦笑を浮かべたアルフレドの指示を受け、赤毛の女性従者がメイアの杖《つえ》を拾い上げた。

アルフレドはメイアを抱えたまま、白色の飛竜の背に乗った。

「シラヌイ様、アウラ様、今日のところはこれで。後日、改めてご挨拶に伺います」

そして、ベルリ帝国の皇太子は、臣下とともに去った。

「一応は、一件落着といったところか……」

三頭のワイバーンを見送りつつ、シラヌイは長い息を吐いた。

過酷な戦いだったが、収穫もあった。

アウラリアが世界塔に続いてベルリ帝国から国として認められたことも、ベルリと友好関係を結べたことも大きいが、一番の収穫は、不可能魔術だった色即是空《ヴァニタス・ヴァニタートゥム》の発動に成功したことだろう。

全ては、アウラのおかげだ。

シラヌイは妻を振り返る。

ワイバーンを見送るアウラは、夢見がちな表情で呟《つぶや》いた。

「……いいなぁ。お姫様だっこ」

シラヌイは首の後ろをさすりつつ、考える。

（お姫様抱っこというと、あれか……よし）

シラヌイはアウラに歩み寄って、彼女を抱きかかえた。アルフレドがメイアにそうしていたように。

「帰りましょう。私たちの家に」

目をぱちくりさせているアウラに、シラヌイは笑いかける。

アウラはシラヌイを見上げ、

「はい」

ない。

嬉《うれ》しそうに笑って、シラヌイの首に腕を回した。

妻の重みを全身に感じる。小柄でもなく肉付きの良いアウラは、決して軽くはない。疲れ切っている今のシラヌイに、城までアウラを抱えて歩くのは一苦労だが、情けない姿は見せられない。

しっかり胸を張って、シラヌイは歩き出す。

途中、街中でヒバリと出くわした。

精霊たちの、凄《すさ》まじい力の高まりとざわめきを感じて、一体何が起きているのか、慌てて様子を見にきたのだという。

事の顛末《てんまつ》を話すと、ヤマの骸《むくろ》が変貌した件にも、ベルリ帝国と友好関係を結んだ件にも驚いていたが、ヒバリが一番驚いていたのは、不可能魔術が実現したことだった。

「不可能を可能にしちゃったんだ。やっぱりすごいなぁ、アウラさんは。かなわないや」

そう言って、ヒバリは笑った。その笑顔はどこか悲しげにも見えたが、シラヌイにはヒバリが何故《なぜ》そんな顔をしたのかわからなかった。魔術師としての力量差を、改めて痛感したということだろうか。

城に戻ったシラヌイは、捕らえていたベルリの兵士たちに、アウラリアがベルリの友好国となったことを告げ、彼らを解放した。解放の際、セシリア湖畔で、ベルリの兵が二名、バジリスクの毒液で石になっていることを伝えた。然《しか》るべき処置を施せば、助かるはずだ。既に砕けてしまっていた場合はその限りではないが。

翌日、アウラリア王城を、三名の人物が訪れた。

内二名は、白虎《びゃっこ》の長老フロロと、副頭のブランだ。

ふたりは、朱雀《すざく》の里の状況を知らせにきてくれたのだった。

朱雀《すざく》の里がメイアの襲撃を受けた際、フロロはその場にはいなかったが、ヒバリが事態をシラヌイに伝えるために里を発《た》ったのと入れ替わりで、やってきたのだという。

魔獣の攻撃で何軒かの家屋に被害が出たが、メイアの言葉どおり、朱雀《すざく》の民に死者は出ていない。ただし、負傷者は出た。一人だけ。

「それは、誰ですか？」

シラヌイの問いに、

「こいつだ」

フロロは隣に控えていたブランを目線で指した。

「朱雀《すざく》の民ではないがな」

ブランは頭に包帯を巻いていた。

逃げ遅れた朱雀《すざく》の民を魔獣の攻撃から庇《かば》って、傷を負ったのだという。

「ありがとう、ブラン。心から感謝する」

「別に、あなたのためにやったわけじゃないですよ」

「わかっている。アウラのためなのだろう?」

ブランは腕を組み、顔を背けて答えた。

「……白虎《びゃっこ》の副頭として、当然のことをしたまでです」

ブランのその言葉に、シラヌイは改めて感謝し、頭を下げた。

「ありがとう」

白虎《びゃっこ》の副頭が白虎《びゃっこ》の民を助けたのであれば、それはたしかに当然のことだろう。しかし、ブランが我が身を盾にして守ったのは朱雀《すざく》の民だ。

白虎《びゃっこ》の民も朱雀《すざく》の民も、一つの家族として、守る。ブランがそう考えてくれていることが嬉《うれ》しく、頼もしかった。

「わたしからもお礼を言わせて、ブラン。ありがとう。偉いわ」

アウラはそう言って、ブランの頭を撫《な》でた。

「やめてよ、姉さん。人前で。恥ずかしい」

恥ずかしい、と口では言いつつも、ブランはアウラの手を避けなかった。撫《な》でやすいように頭を差し出しているようにさえ見える。

昨日の戦いで頭を負傷したアウラも、額に包帯を巻いていた。

アウラとブランを見て、シラヌイは思う。

似ているな、と。

ふたりが血の繋《つな》がった姉弟ではないことはアウラから聞いていた。髪色も違う。

しかし、こうして並んでいるのを見ると、本当の姉弟のように見える。揃《そろ》って頭に包帯を巻いているから、というのもあるのだろうが、ブランの頭を撫《な》でるアウラも撫《な》でられているブランも、とても自然な表情をしている。幼い頃から、ふたりにはこうした場面がきっと何度もあったのだろうと思わせられる。

血は繋《つな》がっていなくても、アウラにとってブランはたしかに弟で、ブランにとってアウラは紛れもなく姉なのだ。

シラヌイは振り向いて、ヒバリを――妹を見た。

シラヌイとヒバリにも血の繋《つな》がりはない。それでもシラヌイは、自分とヒバリの間には兄《きょう》妹《だい》の絆《きずな》があると信じている。

目が合うと、ヒバリはシラヌイの心中を察したのか、小走りに隣までやってきて、頭を差し出した。

「あたしも、がんばって戦ったよ？」

「ああ。よく里を守ってくれた。頼りになる妹だよ、おまえは」

軽く苦笑しつつ、シラヌイはヒバリの頭を撫《な》でた。

えへへ、とヒバリは笑う。

もう一人の訪問者は、世界塔の使者、リーリエだった。

リーリエが訪れたということは、巫女《みこ》グリグリと例の鏡を通じて顔を合わせるということだ。そういう意味では訪問者は四人であるとも言えた。

「よくやった」

開口一番、叱責されるのではないかと身構えていたシラヌイだったが、褒められた。

巫女《みこ》は昨日の出来事を、全て知っていた。

「ベルリの宮廷魔術師長、あの者は七曜の賢者の一人、土の賢者じゃや。もし、おぬしがあの者を殺しておったら、七曜の一柱が早速欠けていたところじゃや」

シラヌイは肝を冷やした。

メイアを殺したいとは思っていなかったが、彼女と直接戦闘になっていたら、どうなっていたかはわからない。

「そういうことは、もっと早く言ってください！」

「儂《わし》だって、何もかも初めからわかっているわけではないわい。あの者が土の賢者であるという未来が視《み》えたのも、昨夜じゃや。真夜中じゃや。おかげで眠くてたまらんわい。寝不足でお肌が荒れたらどうしてくれるんじゃや！」

「巫女《みこ》の予知のタイミングは、私のせいでは……」

「言い訳するでないわ！　このバカチンめ！」

結局、叱責された。

（理不尽だ……）

「バ、バカチン……」

その単語がツボに入ったらしいアウラが、笑いをこらえきれずにいた。

「メイア殿に、この件は？」

「これから伝える」

メイアが七曜の賢者の一人ということは、いずれは共に呪晶石災害に立ち向かうことになるのだろう。

希少な死霊《しりょう》魔術の使い手。味方になってくれるのであれば心強い。

「不可能魔術を実現させた件についても、褒めておこう。しかし、あの魔術はもう使うな。理由は、おぬしが一番わかっているはずじゃ」

「それは……はい」

不可能魔術、色即是空《ヴァニタス・ヴァニタートゥム》を、アウラの力を借りて遂《つい》に実現させはしたが、シラヌイの想定とは違った形での発動になった。完璧な形ではなかったということだ。

そして、使ってみてわかったことがある。あの術は、やはり炎と氷、相反する二属性の適性を、一つの身体《からだ》に共存させている者にしか使いこなせないということだ。

術の使用後、シラヌイは今までに味わったことのない疲労感に見舞われた。アウラも同じだったという。

あれは、自分の生命そのもの、あるいは魂の一部が、ここではないどこかへ吸い上げられていったような感覚だった。

おそらくは、自分もアウラも、数ヶ月、あるいは数年単位で寿命が縮まってしまったのではないかと、シラヌイは考えている。

自分はともかく、アウラには、もう二度と使わせるわけにはいかない。

「日の賢者にしか、あの術は使えん。子作りを急げ」

巫女《みこ》グリグリは姿勢を正し真剣な面持ちで言い、シラヌイとアウラは深く頭《こうべ》を垂れた。


テラスの窓から、月明かりが差し込んでいる。

見慣れつつある天井を眺めながら、シラヌイはアウラの寝息を聞いていた。

(子作りを急げ、か……)

巫女《みこ》にそう言われた日から、五日が過ぎようとしていた。

(わかってはいる。いるのだが……)

シラヌイは未《いま》だ、アウラと子作りに至れていなかった。

それは、シラヌイに意気地がないから……という理由ではない。

シラヌイにもアウラにも、ヤマとの戦いでの疲れ、正確には、不可能魔術を使ったことによる疲労が、重くのしかかっていたのだ。

動けないというほどではなく、日常生活は問題なく送れてはいたのだが、身体《からだ》は重く、魔力も不安定になっていた。

しかし、それも日に日に回復し、六日目の今日には身体《からだ》はずいぶん軽くなっていた。魔力も正常に戻りつつある。

つまり、子作りは十分できる状態にあったのだが、そういった空気にならないまま、アウラは眠ってしまった。

シラヌイは妻の寝顔を見る。

その寝顔は穏やかで、幸せそうだった。もう額に包帯はしていない。傷もすっかり消えている。

(綺麗《きれい》だ……)

シラヌイは美しい妻の顔に手をかざし、思い止《とど》まった。眠っている女性に勝手に触れるのはいかがなものか、という自制心が働いたのだ。

ふと、アウラが目を開けた。

「触ってもいいんですよ?」

アウラはそう言うと、シラヌイの手に自分の手を重ね、指を絡《から》めて微笑《ほほえ》んだ。

愛する妻と手を繋《つな》いで眠る。それはなんという贅沢《ぜいたく》だろうか。

そう思いながら、シラヌイが目をつむろうとした時、不意に、アウラの手に力が入った。

　シラヌイは押されて仰向《あおむ》けにされ、その上に、アウラが跨《また》がった。

「ア、アウラ？」

「シラヌイさん。わたし、本当は知ってるんです」

　シラヌイに馬乗りになった格好で、アウラは言う。

「赤ちゃんの、作り方」

「……！」

　シラヌイは絶句する。

「い、いつから……」

「シラヌイさんが、白虎《びゃっこ》の里を訪れる前の日に。フロロ叔母様に教わりました」

「な……」

「わたし、ずっと待っていました。シラヌイさんが、その……してくれるのを」

「な、な……」

「やっぱり、初めては、男の人にリードしてほしいって」

「な、な、な……」

　シラヌイは狼狽《うろた》える。

　アウラが子供の作り方を知っていたのだとすると、手を出せずにいた自分が、本当にただの意気地なしになってしまう。アウラには子作りの知識がないから、という言い訳が利《き》かなくなってしまうのだから。

「でも、わたし、もう待てません」

言いながら、アウラは寝間着の帯を解いた。

「不可能魔術を使った時、シラヌイさんと心が一つになったのがわかりました。でも、足りないんです。心だけでなく、身体《からだ》も一つになりたいんです」

アウラは躊躇《ためら》いなく寝間着を脱ぎ落とした。

寝間着の下には、夫婦になって初めての夜に着た、極薄の夜着を身につけていた。

窓からの月明かりが、アウラの肢体を鮮明に浮かび上がらせる。

(こ、これではまるで)

アウラの手が、シラヌイの寝間着の帯に伸びてきた。

するりと帯が解かれ、前がはだけさせられてしまう。

(私が襲われているみたいではないか!)

露《あらわ》になったシラヌイの胸板を撫《な》でて、アウラは恍惚《こうこつ》とした笑みを浮かべる。

「シラヌイさん」

シラヌイの上に、アウラが自分の身体《からだ》を重ねてきた。

アウラの肌のやわらかさと温《ぬく》もりを全身で受け止めて、シラヌイの思考はいよいよ砕けた。

「わたしは何も知りません。わたしの子作りは、どこか間違っているかもしれません。でも、わたしは、わたしの心と身体《からだ》の求めるままに、あなたを愛します」

アウラが耳元に唇を寄せて話す。

「だから、どうか、あなたも」

アウラがゆっくり言葉を紡《つむ》ぐ度に、シラヌイの耳に、頬に、吐息がかかる。

「心と身体《からだ》の求めるままに、わたしを愛してください」

くわっ！　とシラヌイは目を見開いた。

（認めよう！　男女の色恋に関して、私は意気地なしだ。だが、意気地なしにだって意地はある！）

最愛の妻が、ここまで言ってくれているのだ。こうも求めてくれているのだ。そして、アウラに子作りの知識があるのであれば、もう、躊躇《ためら》うことはなにもない。

「アウラっ！」

雄だ！　雄になれ、シラヌイ！

シラヌイは心の中で己を鼓舞しつつ、アウラを組み敷いた。

ついに、成し遂げた。

最高の子作りを。

成し遂げた？

最高か最高じゃなかったかといえば間違いなく最高だった。

しかし、主導権は終始アウラが握っていた。

勢いよくアウラを組み敷いたシラヌイだったが、すぐにひっくり返され、そこから先はもう、アウラの為《な》すがままだった。

アウラの愛は、激しかった。

普段の彼女は控えめで温和な性格だが、しかし、その本質は、激しい気性の持ち主であることを、シラヌイは誰よりも知っている。

そんな彼女の本性が、戦いではなく子作りに向けられたらどうなってしまうのか。その答えを、シラヌイは身を以《もっ》て味わうことになったのだった。

魂の抜けた目で、シラヌイは天井を仰いでいる。

テラス窓から差し込む光は、月明かりから朝陽《あさひ》に変わっていた。

アウラはシラヌイの腕を枕に、安らかな寝息を立てている。シーツが掛かってはいるが、その下は生まれたままの姿だ。

シラヌイは空いているほうの手で、自分の頬に触れた。心なしか痩《こ》けているように感じる。

全身を、強い疲労感が支配していた。ヤマと戦った時よりも疲れているかもしれない。

シラヌイは一睡もしていなかった。遂《つい》にアウラと結ばれた喜びと興奮で眠れなかったわけではない。

本当に、ついさっきまで、文字どおり一晩中、子作りに励んでいたのだ。

少しでも眠ろうと試みたものの、疲れすぎて、逆に目が冴《さ》えてしまっていた。

アウラを見る。満ち足りた寝顔。窶《やつ》れて肌色も青白くなっているシラヌイとは対照的に、アウラの肌には張りがあり、艶々と輝いてさえ見えた。

「んっ……」

アウラが小さく身じろぎして、目を開けた。

「シラヌイさん、わたし、今、夢を見ていました」

甘える子猫のように目を細めて、アウラは言う。

「あの子の……ユメの、夢です」

アウラの手が、シラヌイの胸を撫《な》でる。

「シラヌイさん。わたしを、早くあの子に会わせてください」

「それは、もちろん……」

シラヌイが言い終えないうちに、アウラは耳に唇を寄せて囁《ささや》いた。

「なら、もう一回、いいですか……？」

「え……？」

アウラはくすっと笑い、シラヌイの腹の上に跨《また》がった。

「ア、アウラ……？」

「わたし、コツをつかんだかもしれません。だから……」

「だ、だから……？」

「シラヌイさんは、じっとしていてください。全部、わたしに任せてください」

アウラが動き始める。

「あっ……あっ、ああああああん！」

シラヌイは情けない声をあげた。

疲労と快楽の波に呑《の》まれて、シラヌイの意識は朝陽《あさひ》に溶けていく。

視界が白く染まっていく中、シラヌイは最後にこう思った。

(女って、すごい)


薄闇の中で、巫女《みこ》グリグリは未来を視《み》る。

空色の瞳に映るのは、世界の終わりの光景。

極彩色の石が地上に降り注ぎ、毒と破滅の獣を撒《ま》き散らす。

避けられない滅びの運命《さだめ》。

しかし、運命に抗《あらが》う者たちの姿もまた、視《み》えていた。

赤と青。相克する二色の瞳を持つ少女と、六人の賢者たち。

彼らの戦いの行く末は、わからない。

視《み》えていないわけではない。幾多の可能性、無数の結末が同時に視《み》えているのだ。

こんなことは、初めてだった。

彼らは――否《いな》、彼らの要たる日の賢者は、巫女《みこ》たる自分に与えられた予知の力を超える存在になるのだろうと、グリグリは思う。

可能性の地平線。その彼方《かなた》へと至る少女。あらゆる可能性を内包する彼女は、存在そのものが未確定の未来の中にある。彼女が生まれない未来すら、ありえるということだ。

彼女をこの世界へと導くのは、一組の男女。

火の賢者シラヌイ。

水の賢者アウラ。

宿敵同士でありながら惹《ひ》かれ合い、夫婦となったふたりは、果たして日の賢者をこの世界に導けるのか。

「面白いではないか」

グリグリは、未来を視《み》るのが嫌いだった。

巫女《みこ》の予知は、自在に操れるものでもなければ、外れることもない。

視《み》たくもない未来を視《み》せられ、そしてそれは現実のものとなってしまう。

未来とは、不透明であるからこそ価値があるのだとグリグリは思う。

結果がどう転ぶかわからないからこそ、人は望んだ未来を手にするために進歩するのだ。希望を抱いて明日へと臨めるのだ。

約束された絶望の結末と、確定された未来をも覆《くつがえ》しうる希望の少女。

グリグリは、巫女《みこ》となって以来初めて、未来に期待していた。

男と女が愛し合い、新たな命を導く。当たり前の人の営みが、未来を切り開く希望を生む。

「大いに励めよ、シラヌイ。……ぷっ」

今頃、妻にたっぷり搾り取られているであろう男の情けない顔を思い浮かべ、薄闇の中で、世界塔の巫女《みこ》は一人、噴き出した。

エピローグ

「――以上が、昨日、運び込まれた物資です」

執務室で、シラヌイはブランから報告を受けていた。

報告の内容は、アウラリアに届いた、食糧や建築資材といった物資についてだ。

「あ、ああ」

生ける屍《リビング・デッド》となったヤマの襲来から一月。

皇太子アルフレドの言葉に嘘《うそ》はなく、友好国となったベルリ帝国から諸々《もろもろ》の物資が届き始めていた。

建物の修繕は、少しずつではあるが着実に進んでいる。

アルフレドからの書状には、物資だけでなく建築士や大工といった人材も派遣したいという旨《むね》が記されていた。

物も人も、アウラリアにはなにもかもが足りていない。大国の支援はありがたかった。

「うふふ」

と笑い声をたてたのは、アウラだ。

アウラの席はシラヌイの隣に用意されていたのだが、アウラは自分の席ではなく、シラヌイの膝の上に座り、両の腕をシラヌイの首に回していた。

先ほどから、アウラのたわわな胸が頬に押し当てられている。

「シラヌイ様。いちゃつくなとは言いませんが、時と場所は選んでいただきたいものですね。家臣の前ですよ」

執務室には、シラヌイ、アウラ、ブランの他に、数名の白虎《びやっこ》の民の姿があった。いずれも白虎《びやっこ》の里でシラヌイに戦いを挑んできた男たちだ。彼らはアウラリアでの新生活に名乗りを上げ、シラヌイの家臣として、国作りに力を尽くしてくれていた。

「それはわかっているのだが……。アウラ、今は執務中です。自分の席に着いていてください」

シラヌイがそう言うと、アウラは悲しげな顔をした。

「シラヌイさんとは、いつも一緒にいられるわけではありません。一緒にいられる時は、片時も離れたくないんです。ダメ……ですか？」

潤んだ瞳で見つめられ、シラヌイは「うっ」と呻《うめ》いた。

国王、王妃という立場ではあるが、シラヌイもアウラも、変わらず、物資調達のために飛び回っていた。

「私も同じ気持ちですが、膝の上でなくても……」

「ここが一番、シラヌイさんの温《ぬく》もりを感じられるんです」

シラヌイは家臣たちを見回した。

皆、何も言いはしないが、なんとも苦々しい顔をしている。

憧れの的であったアウラが、相手が夫とはいえ、男にベタベタしている姿を見せつけられるのは、面白くはないだろう。

「文字どおり、尻に敷かれているわけですね」

「ぐ……」

ブランは口調は丁寧だが、容赦がない。

「あなたと姉がただの夫婦であれば、とやかくは言いません。ですが、あなたは王なんです。しっかりしてくださいよ」

シラヌイが王であるように、アウラは王妃だ。苦言なら、自分だけでなくアウラにも言ってくれ、と思うシラヌイだが、口にはしなかった。

ブランの言うことはもっともだ。

初めての日以来、アウラは人前であろうとなかろうと、一緒にいる間はこの調子だった。ふたりきりの時ならともかく、人前では節度を保ってほしいと何度も言っているのだが、聞いてくれない。

甘えてもらえるのは嬉《うれ》しい。しかし、妻との関係性に於《お》いて、夫である自分が主導権を握れていないのはいかがなものかという思いがある。

そして、主導権を握れていない理由は明白だった。

ベッドの上での自分が、不甲斐《ふがい》ないからだ。

子作りにはしっかり励めている。励めてはいるのだが、情熱的なアウラに押されっぱなしで、男であるシラヌイのほうが受け身になってしまっている。

それが原因で、シラヌイはアウラに強くものが言えなくなっていた。

（このままではよくない。威厳を……夫としての威厳を取り戻さなければ！）

シラヌイは報告を終えたブランと家臣たちが出て行った後、膝の上に乗ったままのアウラに声をかけた。

「アウラ。久々に、しませんか？」

「子作りですか？　それなら、いつでも何度でも」

「い、いえ。子作りもしますが、そうではなくて」

そもそも、子作りは昨夜もしているから、久しぶりではない。

「久しぶりに、その、決闘を」


「火炎球《ファイアー・ボール》！」

「氷嵐《アイス・ストーム》」

炎の華が咲き乱れ、氷雪が吹きすさぶ。

真円を描いた月の下で、シラヌイとアウラは魔術を交えていた。

朱雀《すざく》の里と白虎《びゃっこ》の里の、ほぼ中間地点に位置する荒野。これまでに百一回、決闘を行ってきた場所だ。

「紅蓮の矢《ファイア・ボルト》！」

「凍　矢《フリーズ・アロー》」

炎と氷。相反する属性の激突に、夜気が軋《きし》みをあげている。

(強い……！)

シラヌイは魔力を練りつつ奥歯を嚙《か》みしめる。

アウラの強さは、この世の誰よりも、シラヌイが一番よくわかっている。

わかっていてもなお、こうして魔術をぶつけ合う度に、その強さに驚かされる。

(強くなっている……！)

呪晶獣ヤマとの死闘を経て、シラヌイの実力は向上している。この一月の間も、子作りと国作りに勤《いそ》しみながら鍛錬は怠っていなかった。

しかし、シラヌイが強くなったのと同様に、アウラも強くなっていた。

「火炎旋風《ファイア・ストーム》！」

術を放ちつつ、シラヌイは笑った。

(ああ、これだ。この感覚だ……！)

楽しい。

力と技の限りを、その全てを受け止めてくれるアウラとの戦いは、なによりも楽しい。

「氷刃円舞曲《アイス・エッジ・ロンド》」

月明かりの下、しなやかな肢体を躍らせつつ氷の刃を放つアウラは、美しかった。

見惚《みと》れずにはいられない。

いつだってアウラは美しいが、戦っている時が一番美しいと、シラヌイは思う。

アウラの顔に笑みはないが、それでもシラヌイには、彼女が今この時をこの上もなく楽しんでいることがわかっていた。

全力をぶつけ合う。それが、自分たちの関係の本質なのだということを、改めて思い知らされる。

「煉獄よ来たれ《コール・インフェルノ》！」

地より噴き上がった炎が、迫る氷の刃の雨を溶かし砕きつつ、火の精霊の力を活性化し、場の地相を火に傾けていく。

「氷晶領域《クリスタル・フォレスト》」

すかさず、アウラは地から無数の氷の柱を生み出した。

樹木を模した氷の柱は、炎の中にあっても溶けず、凄《すさ》まじい冷気を発して、火に傾いていた地相を氷の側へと押し戻していく。

「ははっ！」

シラヌイは声をたてて笑った。

楽しい。本当に楽しい。

これもまた、紛れもなく自分たちの愛の形だ。

（さあ、アウラ！　存分に愛し合おう！）

見開いた緋眼《ひがん》に妻の美しい勇姿を映し、シラヌイは強く大きく魔力を練った。


負けた。


「あれ……？」

仰向《あおむ》けに倒れたシラヌイの目に映るのは、アウラの掌《てのひら》と、指の間から覗《のぞ》く美貌。そして、月。

馬乗りになったアウラが、シラヌイの顔に掌《てのひら》を突きつけている格好だ。

両脚でしっかり挟まれ、体重をかけられており、この体勢を崩すのは無理だった。

魔力も尽きている。シラヌイにはもう、反撃の術《すべ》はなかった。つまりは、負けだ。

負けるつもりは微塵《みじん》もなかった。そもそも、この決闘は、シラヌイが夫としての威厳を示すために持ちかけたものだった。勝たなければ意味がない。

前回、百一回目の決闘で、シラヌイはアウラに勝利したが、生涯で一度しか使えない蘇生《そせい》魔術を使った、ほとんど反則のような勝ち方だった。

今回の決闘で完璧な形で勝って、夫婦の主導権を握るつもりでいた。自信もあった。

しかし、魔力の強さも術を編む速度も、アウラが一段上をいっていた。手加減はしなかった。万が一にもアウラに深刻な怪我《けが》をさせてはいけないという思いは、初めにこそあったが、戦いの中で消し飛んでいった。ただただ、全力を尽くした。その上で負けた。それはもう、純然たる敗北だった。

「わたしの、勝ちです」

「は、はい……」

「初めて、シラヌイさんに勝っちゃいました」

アウラは疲労の色が滲《にじ》んだ顔に、笑みを浮かべた。

目は疲れでとろんとしている。汗ばんだ頬に前髪が張りついている。息は荒く、細い肩と豊かな胸が規則的に揺れている。上気した肌は赤く色づいている。総じて、今のアウラはベッドの上で乱れている時のように扇情的だった。

「シラヌイさん、わたし今、とても昂《たか》ぶっています」

シラヌイの顔に突きつけられていたアウラの手が、シラヌイの胸に下りてきた。

アウラの息が加速する。シラヌイの腰を挟み込んでいる脚が、もどかしげに動いている。

（い、いかん。これは、この流れは……）

アウラの手が、シラヌイの胸を撫《な》でる。

（これは、いつもの搾り取られる流れ……！）

アウラに搾り取られるのは、素晴らしい体験だ。これ以上の快楽はこの世にないとさえ言い切れる。

だからといって、搾り取られっぱなしでいいわけではないのだ。

シラヌイにとって、アウラとの子作りは、ただの男女の情交ではない。世界を救うための、重要な行為なのだ。そこには一定の理性が働いていなければならないはずだ。

なにより。

(男としての、沽券《こけん》に関わる!)

シラヌイは身じろぎしたが、アウラは退《と》いてくれない。

それどころか、シラヌイが少し動いただけで、

「んっ……」

と、色っぽい声が桜色の唇から漏れ出た。

その声が、シラヌイの理性を攻撃する。

「シラヌイさん。昂《たか》ぶったわたしの肉体《からだ》を、あなたの愛で静めてください……」

「ア、アウラっ。ここは外です。こういうことは、ちゃんと然《しか》るべき場所で……」

「誰も見ていませんよ」

「つ、月が! 月が見ていますよ!」

おもむろに月を仰いだアウラは、「ふふっ」と笑い、扇情的な笑みを、再びシラヌイに向け

た。

「なら、お月様に見せつけちゃいましょう?」

ああ、駄目だ。シラヌイは心の中で白旗を上げた。

「わたしが勝ったんですから、シラヌイさんは、わたしの言うことを聞いてください」

負けたほうが勝ったほうの言うことを聞く、といった約束はしていない。しかし、色々な意味で負けを認めてしまっているシラヌイには、

「はい……」

と応じるしかなかった。

ぺろり、と舌なめずりしたアウラが、やわらかな肢体をシラヌイに重ねてくる。

(ああ、情けない。でも、最高……)

月明かりの下、男の尊厳、その他諸々《もろもろ》を、今夜もたっぷり搾り取られてしまうシラヌイだった。

あとがき

初めまして。あるいはお久しぶりでしょうか。志村一矢です。

電撃文庫から本を出させていただくのは、一体何年ぶりだろうか……といった感じなのですが、まずはともかく電撃文庫の変化に驚いております。裏表紙からSDイラストはなくなっているし著者近影の画像もなくなっていたり、フォーマットがすっかり変わってしまっていて、すっかり浦島さん気分ですよ。

電撃文庫老人会の発足求む。

そんなわけで、『最強賢者夫婦の子づくり事情　炎と氷が合わさったら世界を救えますか？』です。

当初、私が考えていたタイトルは、『炎と氷が合わさったら最強ですか？』というものだったのですが、どうしても『子づくり』というワードを入れたい担当編集氏の意向を反映して現在の形になりました。割とストレートなメインタイトルと、やや抽象的なサブタイトルの合わせ技といった感じで、いいところに落ち着いたのではないかと思います。

タイトルといえば。

私もそれなりに長く作家をやっておりまして、作品作りに関して、ジンクスみたいなものがいくつかあったりします。

その一つに、タイトルがすんなり思いついた作品は面白くなる、というものがあります。これは別にオカルト的なことではなくて、作者が作品のコンセプトやテーマ、魅力となるポイントをしっかり自覚できているから、タイトルがスムーズに決まる、ということですね。

タイトルを最初に思いついて、そこから逆算で設定や物語を組んでいくこともあります。この場合も、体感的にはいい作品になってくれることが多いです。

キャラクターの名前に関しても同じことが言えて、今作の主人公シラヌイとヒロインのアウラの名前は秒で決まりました。

シラヌイは火にまつわる言葉から最初に思いついたもので、アウラは、いわゆる極光のオーロラと、その語源になった（らしい）ローマ神話の夜明けの女神アウロラをイメージしたネーミングになっています。

タイトルだけでなく主人公とヒロインの名前もすんなり決まった本作は、いい作品になってくれるという予感がありました。

結局タイトル変わってんじゃん！　というツッコミはなしの方向で。

アウラの名前も、某断頭台の同名キャラが大人気になってしまい、「キャラの名前が被《かぶ》るなんていちいち気にするようなことじゃないけど、こっち変えようかな、どうしよう……」と悩んだりもしましたが、先述のとおり、すんなり決まった名前は大切にしたいということで、そのままとなりました。

いい予感に恵まれた本作ですが、予感はあくまでも予感。読者さんに楽しんでいただけるかどうかは、こればかりはもう、祈るしかありません。

シラヌイとアウラの物語は、終わってはいません。まだまだまったく書き足りていません。全力で戦い、全力で愛し合う。最強夫婦の物語を、また皆様にお届けできますように、応援をよろしくお願いいたします。

端的に言うなら、本を買ってくれえええええ！　他の人にもオススメしてくれえええええ！ということです。

さて。

行は埋まってきたでしょう？　……まだけっこうあるな？

作家には二種類のタイプがいます。

あとがきを書くのが得意な作家と、苦手な作家です。

私は典型的な後者でして、四苦八苦しながら行を埋めています。

見開き一枚だって苦労するのに、今回は見開き二枚でお願いしますと言われてしまって頭を抱えました。

なので、あとがきが苦手なことをエピソードとして語って行数を稼ぐという高等テクニックを使用しております。

最後になりましたが、関係者各位に御礼申し上げます。
とりわけ、本作を形にするために尽力いただいた担当編集西村氏、ならびにスタイリッシュかつ叡智《えいち》あふれるイラストで本作を飾ってくださったをん先生に、格別の感謝を。

それでは、またお目にかかれることを祈りつつ――。

二〇二四年　五月

志村一矢　拝

◉志村一矢著作リスト

「月と貴女に花束を」（電撃文庫）
「月と貴女に花束を2　妖龍の少女」（同）
「月と貴女に花束を3　鬼神猛襲」（同）
「月と貴女に花束を4　聖夜騒乱」（同）
「月と貴女に花束を5　聖夜狂瀾」（同）
「月と貴女に花束を6　聖夜終焉」（同）
「月と貴女に花束を remains Ⅰ」（同）
「月と貴女に花束を remains Ⅱ」（同）
「麒麟は一途に恋をする」（同）
「麒麟は一途に恋をする2」（同）
「麒麟は一途に恋をする3」（同）
「麒麟は一途に恋をする4」（同）
「麒麟は一途に恋をする5」（同）
「麒麟は一途に恋をする6」（同）

「麒麟は一途に恋をする7」（同）
「きみと歩くひだまりを」（同）
「きみと歩くひだまりを2」（同）
「きみと歩くひだまりを3」（同）
「きみと歩くひだまりを4」（同）
「竜と勇者《あいつ》と可愛げのない私」（同）
「竜と勇者《あいつ》と可愛げのない私2」（同）
「竜と勇者《あいつ》と可愛げのない私3」（同）
「竜と勇者《あいつ》と可愛げのない私4」（同）
「竜と勇者《あいつ》と可愛げのない私5」（同）
「竜と勇者《あいつ》と可愛げのない私6」（同）
「竜と勇者《あいつ》と可愛げのない私7」（同）
「竜と勇者《あいつ》と可愛げのない私8」（同）
「竜と勇者《あいつ》と可愛げのない私 before　レミエルの伝説」（同）
「モブ恋」（同）
「モブ恋　-2nd-」（同）
「モブ恋　-3rd-」（同）
「最強賢者夫婦の子づくり事情　炎と氷が合わさったら世界を救えますか？」（同）

本書に対するご意見、ご感想をお寄せください。

ファンレターあて先
〒 102-8177　東京都千代田区富士見 2-13-3
電撃文庫編集部
「志村一矢先生」係
「をん先生」係

本書は、「電撃ノベコミ+」に掲載された「最強賢者夫婦の子づくり事情　炎と氷が合わさったら世界を救えますか?」を加筆、修正したものです。

電撃文庫

最強《さいきょう》賢者《けんじゃ》夫婦《ふうふ》の子《こ》づくり事情《じじょう》

炎《ほのお》と氷《こおり》が合《あ》わさったら世界《せかい》を救《すく》えますか?

志村一矢《しむらかずや》

2024年6月10日　初版発行

発行者　山下直久
発行　株式会社KADOKAWA
〒102-8177　東京都千代田区富士見2-13-3
0570-002-301（ナビダイヤル）
装丁者　荻窪裕司（META＋MANIERA）
印刷　株式会社暁印刷
製本　株式会社暁印刷

●お問い合わせ
https://www.kadokawa.co.jp/（「お問い合わせ」へお進みください）
※内容によっては、お答えできない場合があります。
※サポートは日本国内のみとさせていただきます。
※ Japanese text only

※定価はカバーに表示してあります。

ISBN978-4-04-915198-5　C0193　Printed in Japan

電撃文庫　https://dengekibunko.jp/